作戦会議は疫《やく》病《びょう》神《がみ》と!?

作／田部智子
絵／黒須高嶺

もくじ

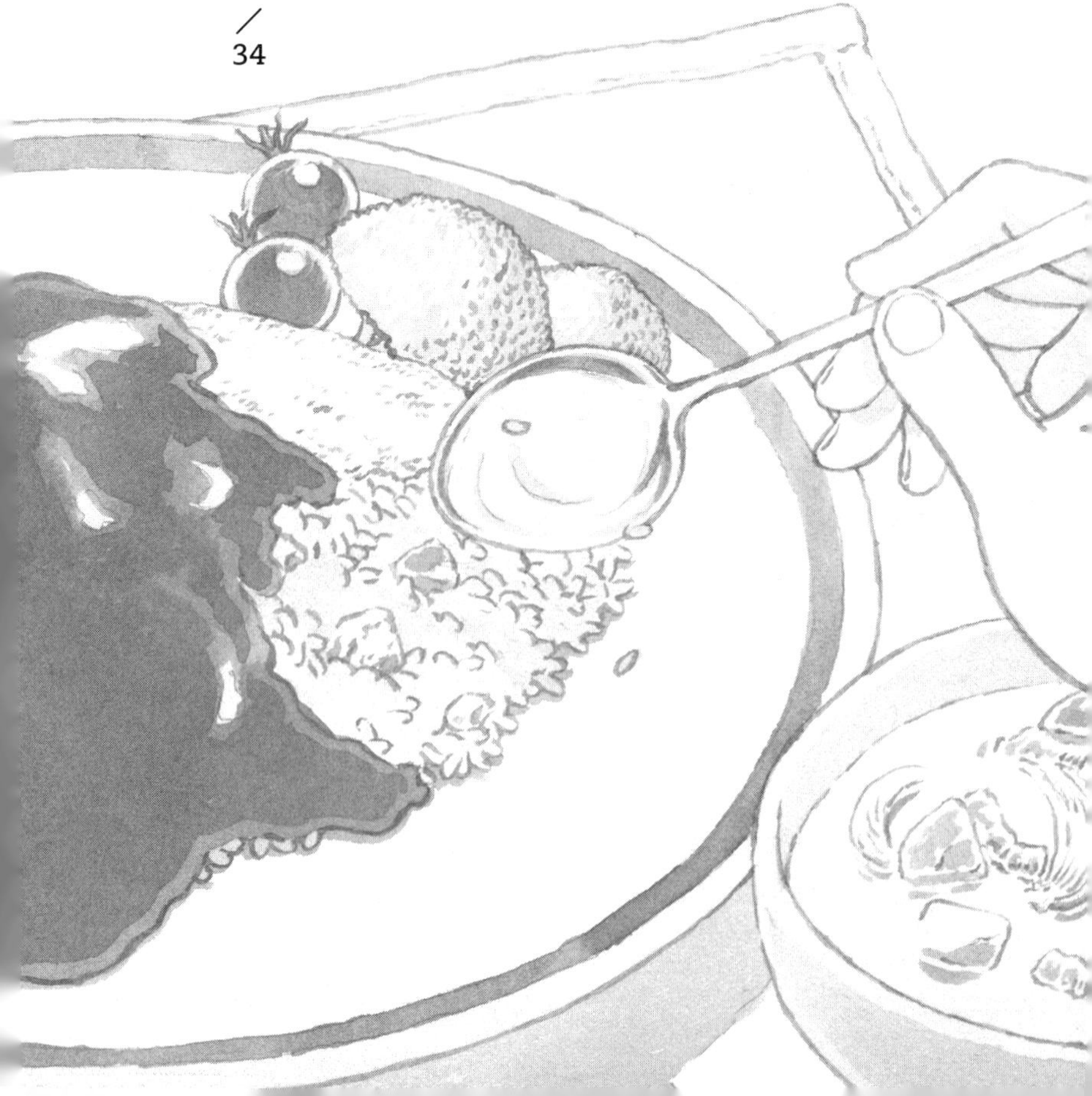

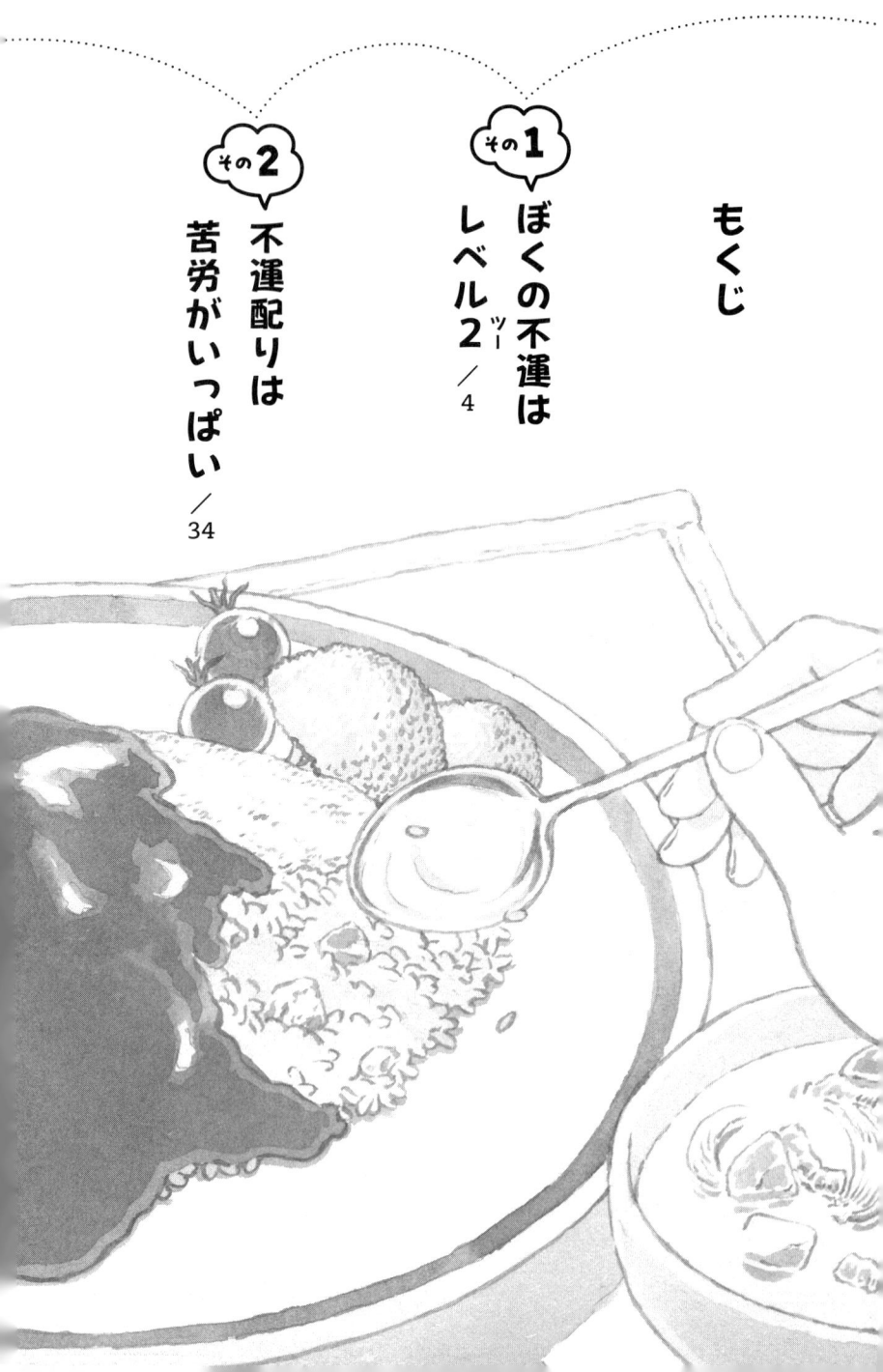

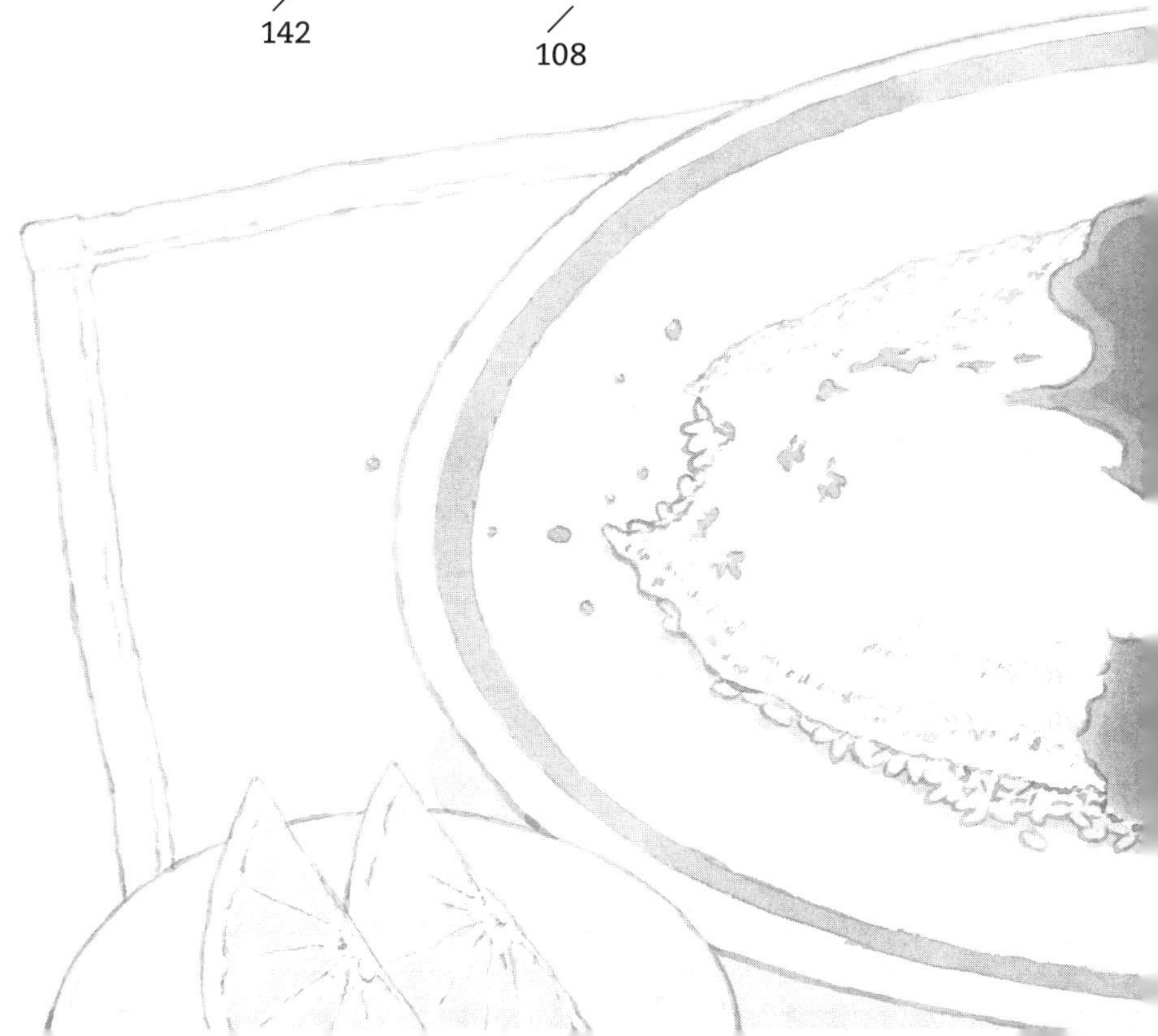

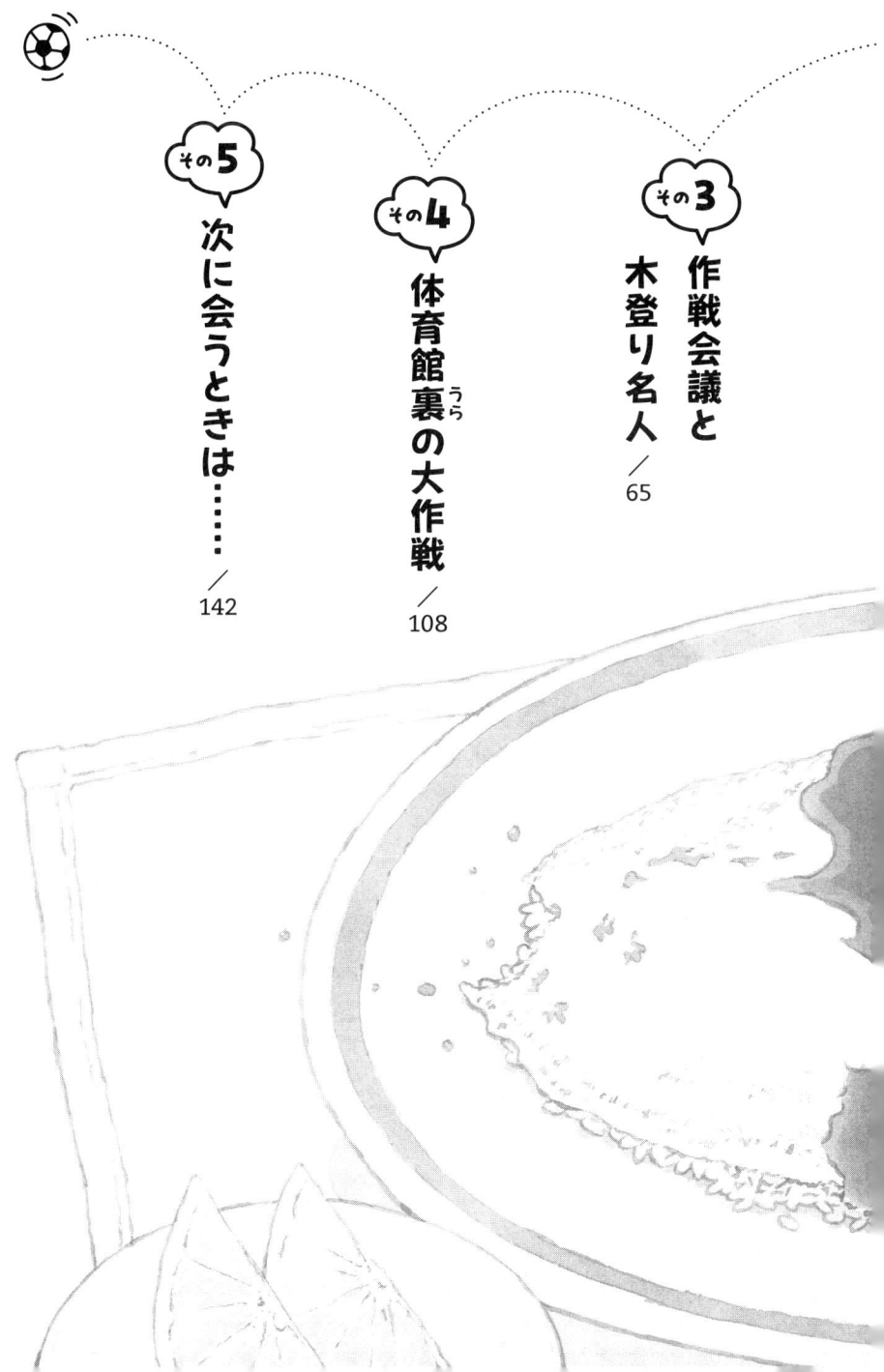

作戦会議は
疫《やく》病《びょう》神《がみ》と!?

その1 ぼくの不運はレベル2《ツー》

その日は、秋晴れで気持ちのいい朝だった。でも、なんだかいやな予感はしてたんだ。

まず、寝坊《ねぼう》した。おまけに学校の準備《じゅんび》もしていなかった。あわてて教科書をランドセルに突《つ》っこんだら、表紙の角がツメの間に入って、飛びあがるほど痛《いた》かった。

うーっ、ばんそうこう、ばんそうこう……。

自分ではるのは無理なので、しかたなく涙目《なみだめ》で母さんにたのんだら、思ったとおりお説教《せっきょう》がついてきた。

「なにやってんの、涼平《りょうへい》！　だから学校のしたくは前の日にやりなさいって言ってるでしょ？　宿題は大丈夫《だいじょうぶ》なの？　五年生にもなって、いつもいつも……」

朝ごはんを食べるひまもない。ランドセルをひっつかんでリビングを出ると、後ろからテレビのアナウン

サーの声が追いかけてきた。
「きょうもっとも悪い運勢《うんせい》は……。ごめんなさい、天《てん》びん座《ざ》のあなた！」
ぼくのことだ……。
玄関《げんかん》から外へ飛び出したら、足もとに空《あ》きカンが転がっていた。
腹立《はらだ》ちまぎれにそいつをけとばしたら、中に残っていたコーヒーが飛び散った。
うわっ、靴下《くつした》にシミが……。
半泣きになりながら小走りに行

くと、さっと黒ネコが前を横切る。
あーあ、これも縁起《えんぎ》が悪い印《しるし》だよなー。
これ以上はかんべん。さっさと学校へ行こう。
かけ出そうとしたぼくの目のはしに気になるものがうつった。
黒ネコがブロック塀《べい》のわきで、くわえていたものをポトリと落としたんだ。
なんだろう？　ネズミとか、スズメとか……？
つい気になって一歩近寄《ちかよ》ると、ネコ

は「ギャウ！」と叫《さけ》んで逃《に》げていった。

おそるおそるネコの落としものの上に身をかがめる。そのとたん、なんとそれはかん高い声で叫び、ぱっと立ちあがったんだ。

「くっそー！　なにをするんだノラネコめ！」

ぼくは何度かまばたきした。自分の見ているものが信じられない。

声の主は、背丈《せたけ》が十センチくらいの男の子！　ボサボサの灰色《はいいろ》の髪《かみ》を逆立《さかだ》てて、やせこけた手足をふりまわしている。つぎはぎだらけの着物

に茶色の帯《おび》をまき、ボロボロのワラぞうりをはいているところが、すっごく見すぼらしい。

「な、なに？」

思わず驚《おどろ》きの声をあげると、そいつはふりまわしていた手をぴたっと止め、ぎょろっとぼくをにらんだ。

「……おまえ、見えるのか？」

ぼくはあっけにとられ、黙《だま》ってうんうんとうなずく。

見すぼらしい小さな子は、丸い目をもっと丸くした。

「えーっ、あのネコのせいで視線《しせん》しゃだん装置《そうち》がこわれたのか。なんてこった！」

ぼくは目をぱちくりさせた。

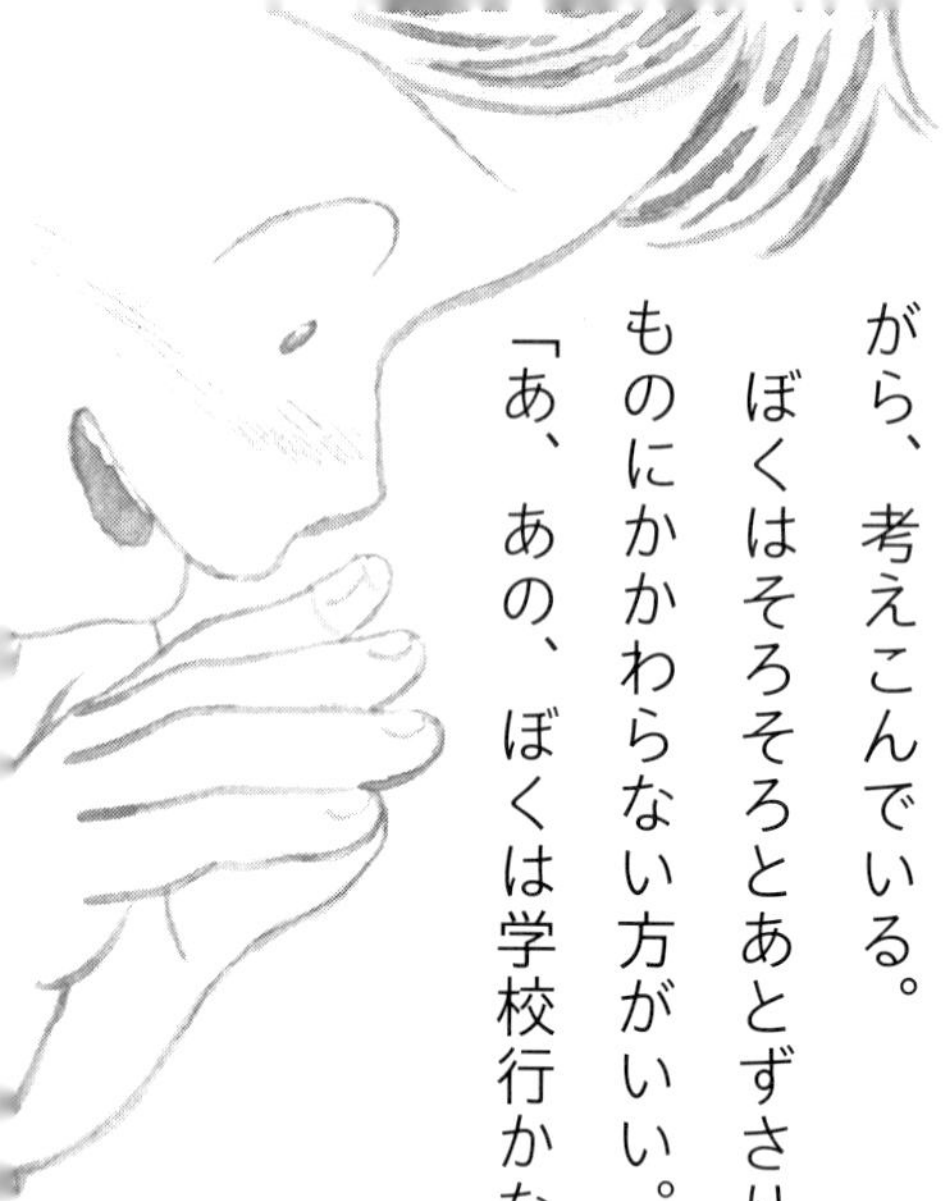

「えっ？　し、しせ……、なに装置《そうち》？」

「人間に姿《すがた》が見えないようにする機械だよ。動物にはきかないんだ。くそっ、こまったな」

　そいつは両手で頭をポリポリかきながら、考えこんでいる。

　ぼくはそろそろとあとずさりをした。なんだか知らないけど、こんなものにかかわらない方がいい。絶対《ぜったい》だ。

「あ、あの、ぼくは学校行かなくちゃ。さよならっ！」

　そいつにくるりと背中《せなか》を向けて、ぼくは全速力で走り出した。

ところが、耳もとでヒューンと音がしたかと思うと、トンと右肩《みざかた》をたたかれたような感触《かんしょく》が。
「待てよ！　しばらく付き合ってもらうぜ。なんたっておまえ、本当は見えるはずのない、疫病神《やくびょうがみ》を見ちゃったんだからな」
ぼくの足は、かなしばりにあったみたいにぴたっと止まった。こわごわ右肩の上を見ると、例の見すぼらしい男の子が座《すわ》りこんで、ニヤッと笑っ

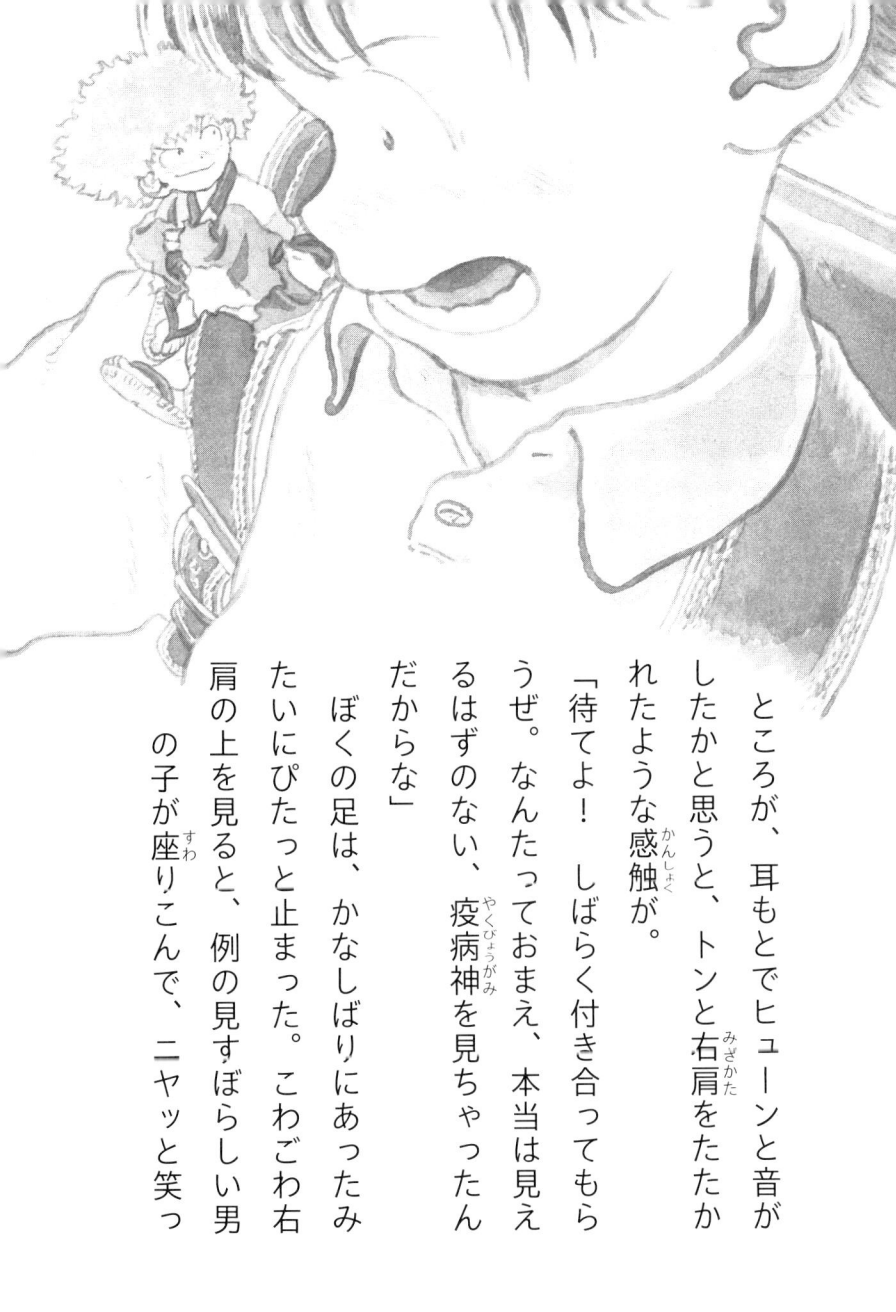

てるじゃないか！

「や、疫病神《やくびょうがみ》？」

これは夢《ゆめ》か？　ぼくがとっ散らかった頭の中を整理しようとしてると
そいつはたたみかけるように言った。

「そうさ。人間に不運を配って歩く神様、疫病神だ。しょうがない、いっしょに学校へ行こうぜ、小谷涼平《こたにりょうへい》！」

ぼくは腰《こし》がぬけるほど驚《おどろ》いた。

「な、な、なんで疫病神がぼくの名前を知ってるの！」

「だってさ、さっきまでおれはおまえの担当《たんとう》だったんだもん。ツメの間に表紙が刺《さ》さったり、コーヒーがひっかかったりしたろ？　おまえは今朝、レベル２《ツー》の不運だったんだよ」

「れ、れべるつーって？」

「ま、ちょこっと運が悪いってとこ」

「え、英語なの？」

ぼろぼろの着物にワラぞうり。純和風《じゅんわふう》な疫病神《やくびょうがみ》に「レベル」って言葉は似合《にあ》わない気がした。ついでに、さっき言ってた「なんとか装置《そうち》」っていうのも、まったく似合わない。なのに疫病神は、常識《じょうしき》じゃんとうそぶいた。

「不運ってさ、国際的《こくさいてき》にレベルが決まってるんだよ。そんで、日本で不運を配るのは疫病神、西洋《せいよう》じゃ悪魔《あくま》って、役割分担《やくわりぶんたん》してるんだ。知らなかった？」

知るわけないじゃん！

とつぜんへんてこりんなヤツに肩《かた》に乗られ、わけのわからない話を聞かされるなんて、ぼくはやっぱりまだ夢《ゆめ》を見てるんだ！

ぼーっとしていると、疫病神《やくびょうがみ》は小さな指をびしっと前に突《つ》き出した。

「ほら、学校へ行くぞ！　おまえの不運はこれで終わったけど、おれには次の仕事が待ってるんだ。のんびりしちゃいられない」

なんだかわからないうちに、ぼくはあやつられるように歩き出した。

そうだ、遅刻《ちこく》しそうだったんだ！

現実《げんじつ》を思い出して足を速める。

疫病神《やくびょうがみ》の方は肩《かた》の上でゆれながら、話を続けた。

「おまえはレベル2《ツー》だからよかったよなー。次のターゲット倉田康彦《くらたやすひこ》はレベル6《シックス》だぞ」

「倉田康彦？」

よく知っている名前を聞いて、いっきに頭がクリアになった。

「ぼくのクラスの倉田康彦のこと？　レベル6？」

「そうそう、その倉田。レベル6の不運だとケガするかもなー。おーっと、あんまり仕事のことを他人にしゃべっちゃいけないんだった」

疫病神は、自分の口を片手《かたて》でふさいだ。意外とおしゃべりだな。

それにしても、ケガ？

倉田康彦は五年二組では一番目立つヤツだ。体も声も大きくて、どん

なときでもみんなの中心。自分勝手なところも多い。たとえば、この前いきなりこんなことを言い始めたんだ。

「おれはもう、川村《かわむら》優太《ゆうた》とは口をきかないぞ」

理由はわからない。優太が倉田《くらた》を怒《おこ》らせるようなことをしたんだろうってみんなはうわさしている。でも、優太《ゆうた》はクラスでもとびきりおとなしくてやさしい子だ。だれかを怒《おこ》らせるところなんて想像《そうぞう》もつかない。

なのにみんなは（ぼくもそのひとりだけど）、倉田《くらた》に合わせて優太と話すのをやめてしまった。優太はなにも悪くないはずなのに……。

そんな倉田がケガをしても、自業自得《じごうじとく》のような気がする。あんまり気《き》の毒《どく》だとは思えない。思えないけど……。ケガって痛《いた》いよね？

ぼくは考え考え言った。

「そうか、運が悪いのにもいろいろレベルがあるのか」

「もちろん！　おれたちが配る最高の不運はレベル１０《テン》。それ以上の不運は、大神様《おおがみさま》が下《くだ》される。おれたちには計《はか》り知《し》れない、大神様のお考えだ」

へえ、レベル１０ってどのくらいの不運なんだろう。

「この前、母さんが頭にカラスのフンを落とされたんだけど、それって……」

そう言いかけると、疫病神《やくびょうがみ》がニヤッとした。

「おまえ、いいのか？　ほんとに遅刻《ちこく》するぞ？」

そ、そうだった！

学校に近づくにつれて、道を行く子どもたちの数が多くなってきた。

ぼくも小走りだけど、みんなもあわてている。

疫病神はぼくのエリの中にもぐりこんだ。

「やばい。早いとこ視線《しせん》しゃだん装置《そうち》を直さないと、ほかの人間にも見つかっちゃう」

やばいのは、こっちだよ。早くどっか行ってくれないかなあ。

「ねえ、学校行く前に、その装置《そうち》を修理《しゅうり》した方がいいんじゃない？　ぼく、先に行ってるから、そのへんの雑草《ざっそう》のかげで……」

すると、エリの中の疫病神《やくびょうがみ》が力をこめて言った。

「そういうわけにはいかない。おまえを放っておくわけにもいかないし……」

いや、ぼくのことは放っておいてくれても、いっこうにかまわないんだけど。なのに疫病神は続けた。

「それに、倉田《くらた》のタイムリミットはあさってまでだから、一刻《いっこく》も早く学校へ行かなきゃ」

タイムリミット？　不運を配るのにも期限《きげん》があるのかな。

疫病神《やくびょうがみ》がため息まじりに言う。

「レベル2《ツー》くらいなら目をつむってたってできるけど、レベル6《シックス》はけっこう大変なんだ。ちゃんと計画をねらないと、うまくいかないからな」

ちょうどそのとき車とすれちがったので、ぼくはどきんとした。

「ま、まさか、車にぶつかったりしないよね？」

「車？」

疫病神はぴょこんと顔を出す。

「交通事故《こうつうじこ》なんて、すごく高レベルの技《わざ》なんだぞ。不運にとりつかれた運転手と歩行者どうしをうまく出会わせるのは、どっちもレベル10《テン》くらいのベテラン疫病神じゃなきゃできないことなんだ」

「え、疫病神って何匹《なんびき》もいるの？」

「匹《ひき》って言うな、匹って！」

疫病神《やくびょうがみ》は髪《かみ》を逆立《さかだ》てて怒《おこ》った。ぼくはあわてて、ていねいに言い直す。

「ご、ごめんなさい。何人もいらっしゃるんですか？」

「あったりまえだ！　この世の不運をぜんぶひとりで配って歩くなんてできっこないだろ？　サンタクロースじゃあるまいし」

そ、そうかもしれないけど……。

疫病神の仕事の内容《ないよう》とか、不運のランクの決め方とか、なんだかややこしくて複雑《ふくざつ》。神様の世界も、組織化《そしきか》されているのかな。ぼくは首をかしげながらたずねた。

「じゃ、きみはベテランじゃなくて、下っ端《したっぱ》ってこと？」

「下っ端じゃない！　わ・か・て！」

疫病神《やくびょうがみ》はまた怒《おこ》ったが、ぼくはちょっとだけ強気になった。

「若手《わかて》かぁ。もしかして、レベル６《シックス》の仕事なんて初めて？」

「悪いか！　だれにだって『初めて』はあるんだ。うまくいったら、大神《おおがみ》様《さま》から緑色の帯《おび》をもらえるんだぞ」

へぇ、疫病神のランクは帯の色で決まるのか。

「おれはまだ茶色だけど、レベルをクリアしていくごとに、帯の色が変わる

んだ。レベル10《テン》がこなせるようになったら金色の帯《おび》をもらって、福《ふく》の神《かみ》にランクアップ可能《かのう》なんだ」

疫病神《やくびょうがみ》はうっとりした口調《くちょう》で言った。

「福の神になれたら、今度は人間に『福』を配って歩けるんだぞ。いいだろー」

うん、同感。今肩《かた》の上にいるのが福の神だったら、どんなにいいか……。

そう思ったところで、やっと校門についた。

「お、涼平《りょうへい》おはよう！　ギリギリセーフじゃん」

教室に入ると、親友の西明広《にしあきひろ》が声をかけてきた。スポーツが得意で、性格《せいかく》もさっぱりしたいいやつだ。

「お、おはよう……」

ぼくはハアハアと荒《あら》い息をつきながら、自分の机《つくえ》に向かった。二階までの階段《かいだん》がこんなにきつかったなんて。きっと疫病神《やくびょうがみ》のせいだ。

ところが、やっと机に到着《とうちゃく》してランドセルをおろしたとき、指が疫病神のもしゃもしゃ頭にひっかかったらしい。

「ギャーーーッ！」

悲鳴が教室中にひびきわたった。

「ど、どうした、涼平《りょうへい》？」

明広《あきひろ》がびっくりしてふり返る。

「どうしたの、涼平《りょうへい》」

となりの席の高木《たかぎ》さやかも、驚《おどろ》いてこっちを見た。ツインテールがばさっとゆれる。

「あ……」

ぼくはあわてて、ばんそうこうをはった指を立てて見せた。

「今朝ケガをしたところをぶつけちゃって」

ぼくはあばれる疫病神《やくびょうがみ》を服の上

からおさえつけ、

「ちょ、ちょっと冷《ひ》やしてこようっと」

と教室を飛び出した。

「涼平《りょうへい》、もうチャイムが鳴っちゃうよー」

明広《あきひろ》が叫《さけ》んだけど、このままにしておくわけにはいかない。

ぼくはだれもいない廊下《ろうか》を、トイレに走った。


個室《こしつ》にかけこんだとたん、疫病神《やくびょうがみ》はエリの中から勢《いきお》いよく飛び出してきた。ペーパー・ホルダーの上にストンと座《すわ》ると、自

分の頭をなでながら甲高《かんだか》い声で叫《さけ》ぶ。

「おまえ、なにするんだ！　はげちゃうだろ！」

「ごめん、ごめん。ちょっとひっかかっただけじゃないか……」

「ちょっとひっかかった？　おれがど――んなに痛《いた》い思いをしたと思ってるんだ。おまえにレベル１００《ひゃく》くらいの不運をお見舞《みま》いするよう大神様《おおがみさま》にお願いしちゃうぞ！」

「えー、そんなむちゃくちゃな！　やめてよ」

すると疫病神《やくびょうがみ》は、腕組《うでぐ》みをしてむずかしい顔をした。

「実は、ひとつ言っておかなきゃいけないことがある。疫病神は人間に姿《すがた》を見られてはいけないっていう、きびしいおきてがあるんだ。見られた側にも、見た側にも、大神様から大きなペナルティが下《くだ》される」

「ちょ、ちょっと待って」
ぼくは片手《かたて》を疫病神《やくびょうがみ》の前に突《つ》き出した。
「こっちは見たくて見てるわけじゃない。なんとか装置《そうち》がこわれたのは
ネコのせいでしょ？」
疫病神は腕組《うでぐ》みをしたまま、悲しそうに首をふる。
「しょうがないんだ。それがおきてだから。おれはたぶん、帯《おび》どころか
着物まで取りあげられるだろうな……。そしてまた、レベル1《ワン》の不運配
りをやらなきゃならなくなる。おまえもたぶん、レベル20《にじゅう》くらいの不
運に見舞《みま》われるぞ」
「レベル20って？」
「たとえば、大ケガだな。骨折《こっせつ》くらいしちゃうかも」

ぼくは背中《せなか》がゾクッとして、よろよろと便器に座《すわ》りこんだ。

「やだよ、そんなの！　ぼくはなにもしてないのに……」

「それが不運ってもんだろ？　なにも悪いことしてないのに、とつぜん降《ふ》りかかってくるんだ。ただ……」

「ただ？」

疫病神《やくびょうがみ》は首をすくめて、まわりを見まわした。

「今のところ、だれにもばれていないよな？」

ぼくもぐるりと個室《こしつ》の中を見て、ついでに天井《てんじょう》も見あげた。いつものトイレと変わりはないと思う。授業《じゅぎょう》開始五分前のチャイムが聞こえてきた。

疫病神も、大丈夫《だいじょうぶ》そうだとうなずいた。

「このまま仲間にばれずに、今の仕事もちゃんとクリアできればＯＫ《オーケー》。見られたことも見たことも、大神様《おおがみさま》に知られないですむ。でも、この仕事に失敗したら、これまでのことを大神様にとことん追及《ついきゅう》されるんだ。必ずばれちゃう」

ばれちゃうのか……。そしたらぼくも骨折《こっせつ》？　ということは……。

「そうだ、涼平《りょうへい》。この仕事、絶対《ぜったい》失敗できない。倉田《くらた》には、きちんとレベル６《シックス》の不運を配らなきゃ」

「わかった」

ぼくはうなずいた。それですむなら、全力応援《おうえん》するだけだ。

「がんばってね、疫病神《やくびょうがみ》」

ところが疫病神は、なに言ってんだとぼくをにらんだ。

「今、おれが表立って動いたら、みんなに見えちゃうじゃないか！　おまえが手先になってくれなきゃなにもできないんだよ。手伝ってくれるよな？」

ぼくは仰天《ぎょうてん》した。

「そ、そんな！　早くなんとか装置《そうち》を直して、自分でやりなよ」

「そう簡単《かんたん》に直りゃ、苦労はしない……。それより、きょう体育ある？」

疫病神《やくびょうがみ》は目を細めて聞く。ぼくはごくりとつばを飲んだ。

「う、うん、あるけど。それが？」

「何時間目？」

「えーと、二時間目」

「よし！　体育の時間は不運の種をまきやすいから、逃《のが》すわけにはいかない。おれが作戦を考えて指示《しじ》するから、おまえは実行役だ」

「そんな……」

ぼくはうめいた。いやだよ、不運の原因《げんいん》なんてつくりたくない。

それなのに、疫病神《やくびょうがみ》はまたぼくの肩《かた》に飛び乗って元気よく言った。

「じゃあ、教室へ帰るぞ！　がんばろうぜ、涼平《りょうへい》。お互《たが》いのためだ」

ぼくはしぶしぶトイレのドアを開けながら、つい好奇心《こうきしん》で聞いてしまった。

「……ねえ、レベル１００《ひゃく》ってどのくらいの不運？」

「無実の罪《つみ》で火あぶりってとこかな」

おーい、いくらなんでも今どきそんなことあるわけがないだろ！

廊下《ろうか》にチャイムが鳴りひびき、ぼくはあわてて教室へと走った。

その2 不運配りは苦労がいっぱい

一時間目は算数。みんなタブレットで図形の勉強に取り組んでいた。

ぼくの席は窓《まど》ぎわの一番後ろ。気楽な場所だし、二階の窓からはさわやかな風が入ってくる。特にきょうは秋晴れだったから、気分よく授業《じゅぎょう》が受けられるはずだったんだ。

肩《かた》に変なものが乗っていなければ……。

「ああ……」

と疫病神《やくびょうがみ》がうめいた。

「このにおい、弱いんだよなー。うっとりして、眠《ねむ》くなってくるんだ」

ぼくは窓《まど》の外を見た。こんもりとした木があって、深緑の葉の中にオレンジ色の花が咲《さ》いている。

「キンモクセイだよ。いいにおいじゃないか」

「いいとか悪いとかじゃないい。これから仕事だっていうのに、寝《ね》ちゃったらなんにもできないじゃないか。涼平《りょうへい》、窓閉《まどし》めてくれ」

「えーっ、いい風が入ってくるのに……」

ぼくはしぶしぶ立ちあがって、なるべく音がしないようにそっと窓を閉めた。

「あら、小谷《こたに》くんどうしたの？　窓開けてた方が気持ちいいでしょ？」

あーあ、先生に気づかれちゃった。

五年二組の担任《たんにん》は、福知山《ふくちやま》先生。ほっぺたがピンクでボブカット、白いブラウスが似合《にあ》うお姉さん先生だ。

ぼくは窓から手を放すと、両手で自分の体をだいた。

「あ……、ちょっと寒気《さむけ》が……」

福知山《ふくちやま》先生はまゆを寄《よ》せて、一歩こちらにふみ出す。

「大丈夫《だいじょうぶ》？　熱があるんじゃない？」

「先生」

高木《たかぎ》さやかが手をあげた。

「小谷《こたに》くん、朝から様子が変でした。学校に来るなり、ぎゃっと叫《さけ》んだり……」

ぼくは首をすくめる。おせっかいなさやかめ。よけいなことを……。

「そうそう！」

明広《あきひろ》も立ちあがって言った。

「トイレにかけこんで、個室《こしつ》の中でぶつぶつひとりごとを言ってたり……」

心配してトイレまでついて来てたのか！　ぼくは座席《ざせき》で、ますます小さくなった。

「保健室《ほけんしつ》へ行く？」

先生は近づいてきて、ぼくのおでこに手をあてる。

先生の手はほんわりあったかで、いいにおいがした。

「……熱はなさそうねえ」

「へ、平気だよ。なんでもないです」

「そう？　無理しちゃだめよ。具合が悪かったらいつ

でも言ってね、我慢《がまん》しないで。……さあみなさん、この三角形の面積は求められたかな？」

先生は手をふりながら、やっと黒板の方へ戻《もど》っていった。

ぼくはみんなの目がタブレットに戻るのを待って、エリの中にささやいた。

「もう授業中《じゅぎょうちゅう》には、なにも言わないでよ」

「わかった。黙《だま》ってる。それより、体育はなにするんだ？」

「たしか、サッカーって言ってたような……」

「ようし、ボールに足をとられて、すってんころりんだ！」

えーっ？

ぼくは廊下側《ろうかがわ》の列の真ん中あたりに座《すわ》っている倉田《くらた》を見た。

ちょっとカッコよく両わきを刈《か》りあげた頭。ボーダーの半そでT《ティー》シャツから突《つ》き出したたくましい腕《うで》……。

その手は消しゴムを細《こま》かくちぎり、前の席の川村優太《かわむらゆうた》めがけてはじきとばしている。指も太いのに意外と手先が器用なんだ。もうひとつおまけに、運動神経《うんどうしんけい》もいい。

倉田《くらた》は、そう簡単《かんたん》にケガなんかしないはずだ。

うん、そうに決まってる。

体育の時間はひさしぶりのサッカーだったので、みんなはりきっている。

パスとドリブルの練習を少ししたあと、三チームに分かれて試合をすることになった。

ぐうぜんぼくは、倉田《くらた》と同じチーム。倉田はすぐキャプテン気取りで、

「キーパーはおまえだ。おまえはミッドフィルダーな」

なんて、勝手にポジションを割《わ》りふっていく。サッカー用語を使われると、なぜかテンションがあがる。みんな喜んで倉田の指示《しじ》にしたがった。

ぼくが運動が苦手なのは倉田も知っているから、さっさと守りのディフェンダーにされた。倉田自身はもちろん、攻撃《こうげき》のかなめフォワードだ。

キックオフの笛が鳴る直前、ビブスのかげから疫病神《やくびょうがみ》がささやいた。

「おい涼平《りょうへい》。いいか、おまえのところに来たボールは、必ず倉田にパスしろ。うまく転ばすようにするんだぞ」

「ボールが来れば……ね」

ぼくはため息をついた。いくらポジションを決めても、始まったら全員がボールのあとを追いかけていっちゃう。足の遅《おそ》いぼくなんか、ボールにさわれる可能性《かのうせい》はほとんどないんだ。

福知山《ふくちやま》先生の笛が鳴って、ゲームが始まった。案《あん》の定《じょう》、ぼくはもたもたとみんなのあとを追いかけるはめになった。

「涼平《りょうへい》、行け、行けよ！　なにやってんだよーっ」

いくら疫病神《やくびょうがみ》が肩《かた》の上で怒鳴《どな》ったって、どうにもならない。

あきらめてみんなから少し離《はな》れたところでプラプラしてたら、なんとそこへ、こぼれたボールが転がってきた。

「涼平、こっちだ！」

倉田《くらた》がゴールに向かって走りながら叫《さけ》んでいる。
疫病神《やくびょうがみ》もビブスの下から叫ぶ。
「チャンスだ！　涼平《りょうへい》、キックしろ！」
えーい、やけだ！　ぼくは目をつぶって足もとのボールを思いっきりけとばした。
一瞬《いっしゅん》ののち、ワーッと大きな歓声《かんせい》があがったので目を開けてみると……。
倉田が大声をあげながら、両手をふりまわして走りまわっていた。
どうやらぼくが絶妙《ぜつみょう》なセンタリングをあげ、倉田がシュートを決めちゃったらしい。

ぼくと倉田《くらた》のおかげで、チームは1対0で勝利。みんなにもほめられたが、特に倉田は大喜びで、ぼくの肩《かた》をバンバンたたいて言った。

「すっげー、涼平《りょうへい》！　おまえがあんないいパスをくれるとは思わなかったぜ。次の試合は、ミッドフィルダーにしてやるからな」

ぼくの体の中を、熱い血が一気にかけめぐった。だって、体育の時間にこんなに注目されたのは、生まれて初めてなんだもん。

顔がほてって、自然にニマニマしてくる。

「やったな、涼平！」

明広《あきひろ》も、ハイタッチして喜んでくれた。

次の試合が始まって校庭のはしに腰《こし》をおろしてから、ふと疫病神《やくびょうがみ》のことを思い出した。

「だめだったね」

声をかけたが返事がない。ビブスの下に姿《すがた》がないので、休操服《たいそうふく》のエリをひっぱってみると……。
肩《かた》の上で疫病神がのびている。
そういえば、さっき倉田《くりた》にたたかれたのはこっちの肩だったっけ。
「お、おーい、大丈夫《だいじょうぶ》か？」

おそるおそる呼《よ》びかけると、疫病神《やくびょうがみ》ははっと飛び起きた。

「くそっ、ひどいめにあった。おまえ倉田《くらた》に協力してどうするんだ。転ばそうと思ってたのにー」

「だって、しょうがないじゃないか」

実は、すごくほっとしてた。目の前で人がケガをするのはいやだ。しかも、その原因《げんいん》を自分がつくるだなんて……。

「しょうがないのはおまえだろ、涼平《りょうへい》！」

「じゃあ、もっと運動神経《うんどうしんけい》のいいヤツにとりつけばよかったじゃん」

ぼくが口をとがらすと、疫病神は、

「そうか、涼平に高度な作戦はムリか。もっと単純《たんじゅん》な方法を考えなくちゃ」

と言ったまま黙《だま》りこんでしまった。

その後も、疫病神《やくびょうがみ》の涙《なみだ》ぐましい努力《どりょく》が続いた。

休み時間に廊下《ろうか》でつまずかせるんだと言われ、曲がり角で倉田《くらた》を待ちぶせするはめになった。

結果は、突《つ》き出したぼくの足を、直前で倉田がぴょんと飛び越《こ》えただけ。倉田はよろけもしなかった。

倉田はとっさに、

「あぶねーだろ、なにしやがるんだ！」

と怒鳴《どな》ったが、相手がぼくだとわかると、

「あ、おまえか、涼平《りょうへい》。悪かったな。大事なチームメイトの足にキズをつけるところだった！」

なんて、足をさすってくれるんだ。後ろめたいし、倉田《くらた》のセリフのわざとらしさで、背中《せなか》がぞくぞくした。

四時間目。疫病神《やくびょうがみ》は、もぞもぞとぼくのズボンのポケットにもぐりこみ、ビー玉を見つけた。

「ようし！　こいつを倉田の足もとに置いておけば、立ちあがったときにツルンとすべって、見事レベル６《シックス》クリアだ」

疫病神はほくほく顔で床《ゆか》におり、まわりを見まわしながらビー玉を転がしていく。ぼくは息を殺して倉田の方をうかがっていた。

ところが。倉田は足にあたったラメ入りのきれいなビー玉を拾いあげ、

「やった、お宝《たから》ゲット！」
と自分のポケットに入れちゃったんだ。
逆《ぎゃく》に疫病神《やくびょうがみ》は倉田《くらた》に足をふまれたらしく、
ヒーヒー言いながら帰ってくるはめになった。
「なかなかうまくいかねえよなー……」
疫病神はぼくのポケットにもぐり
ながら、小さなため息をついている。
人の不運のかげに、疫病神のこんな
にも涙《なみだ》ぐましい努力《どりょく》があったなんて、
思いもよらなかったよ。こいつには
こいつなりの苦労があるんだな。

でも疫病神《やくびょうがみ》は、なんでこんなに一所懸命《いっしょけんめい》、人に不運を配って歩いているんだろう。緑色の帯《おび》のため？

五時間目。横の席から高木《たかぎ》さやかの腕《うで》がのびてきて、ぼくのノートの上にこぶしを突《つ》き出した。手をひっこめたあとには、小さく丸めた紙玉が……。

「サンキュ」

ぼくは小さい声でさやかに言った。

「おい涼平《りょうへい》、なんだ？」

えりの中から頭だけを出していた疫病

神が、机《つくえ》におりてくる。ぼくはあわてて人差し指を口にあてた。

「しっ。声出すなよ。秘密文書《ひみつぶんしょ》が届《とど》いたんだ」

「たんなる紙の玉じゃないか」

「いいんだよ。そう言った方が、かっこいいだろ？」

「だれからだ？」

ぼくはしわくちゃの紙を広げて読んだ。

「明広《あきひろ》からだ。学校から帰ったら、遊ぼうってさ。それから、『涼平《りょうへい》の肩《かた》にとまっているのはなんだ？』だって」

「えっ？」

ぎょっとした疫病神《やくびょうがみ》は、あわててあたりを見まわす。先生が黒板に漢字を書く、コツコツという音と、ノートの上を走る、エンピツのかすかな音だけがひびいていた。みんな、まじめに勉強してる。こっちを見ている子はいない。

疫病神《やくびょうがみ》は首をすくめてぼくにささやいた。

「だれも見てないじゃないか！　どこに、そんなことが書いてあるんだよ？」

ぼくはニヤッと笑って、秘密文書《ひみつぶんしょ》を見せた。

「冗談《じょうだん》だよ。どこにも書いてないだろ？　……あれ？　字、読めないの？」

すると疫病神は急に大声をはりあげた。

「う、うるせーな！　今、勉強中なんだよっ」

みんながびっくりして、いっせいにこっちをふり返る。ぼくはとっさに、国語の教科書を疫病神《やくびょうがみ》の上にかぶせた。

「小谷《こたに》くん、どうしたの？」

福知山《ふくちやま》先生もチョークを持ったまま、ぼくを見た。いつもやさしい先生にしては、ちょっとこわい顔。

「今、勉強中にはちがいないけど……。ねえ、やっぱり具合が悪いんじゃない？」

「ち、ち、ちがいます。大丈夫《だいじょうぶ》ですっ」

「そう？　じゃ、授業《じゅぎょう》を続けますよ」

背中《せなか》を冷たい汗《あせ》が流れていく。ぼくは教科書の下の疫病神にささやいた。

「もう！　いきなり大声出すなよ。静かにしてろって」

ぼくはノートを広げ直して、そのむこうに教科書を立てた。そして、熱心に勉強するふりをして、秘密文書《ひみつぶんしょ》の返事を書き始めたんだ。

「なんて書いてるんだ？」

疫病神《やくびょうがみ》がのぞいてくる。ぼくはにらんだ。

「しっ！　こりないヤツだな。また先生に心配かけちゃうだろ？」

でも、生意気なことばっかり言ってるこいつが字を読めないなんて、意外。

ぼくはちょっと考えてから、また秘密文書《ひみつぶんしょ》の続きを書き始めた。

その日は、明広《あきひろ》と遊べないことになった。

疫病神《やくびょうがみ》が騒《さわ》いだんだ。

「遊んでいるひまなんかない！　さっさと家に帰って視線《しせん》しゃだん装置《そうち》を直し、あしたにそなえるんだ」

なんとか装置を直すのも、あしたにそなえるのも、実はぼくにはまったく関係ないはずなんだ。まきぞえで、レベル20《にじゅう》の不運がやってこなければ……。

帰りがけ、明広に、

「ゴメン、やっぱ遊べなくなった。悪い……」

と声をかけると、明広《あきひろ》は肩《かた》をすくめてこう言ってくれた。

「気にすんなよ。おまえきょう、いろいろ大変そうだもんな。気をつけて帰れよ」

教室を出ていく明広に手をふってランドセルをしょったら、後ろから声をかけられた。

「よお、パートナー。校庭でサッカーやっていこうぜ！」

倉田《くらた》だ。おそるおそるふり向くと、とりまきにかこまれ、うれしそうに笑っていた。

「さっきみたいなシュート、もう一発決めてやろうぜ、な？」

バシン！　倉田はまた、ぼくの肩《かた》を思いきりたたく。いてーっ！

「い、いや、そのぅ……」

しどろもどろにぼくは答えた。倉田《くらた》たちとサッカーやるなんて、ごめんだ。さっきのは百年に一度の奇跡《きせき》。もう一度やったら、みんなについていけないのがバレバレで、めちゃくちゃバカにされるに決まってる。

ぼくは必死で言いわけをさがした。

「きょ、きょうは、早く帰ってこいって母さんが……」

すると、倉田はとりまきたちをふり返り、大声で言った。

「おい、聞いたか。涼平《りょうへい》ちゃんは、ママとお約束したから付き合えないってよ」

やつらはいっせいにはやし立てた。

「涼平ちゃーん！」

「ママとお約束でちゅかー？」

みんなはゲラゲラ笑い出す。ぼくの顔は、かっと熱くなった。

「まあいいさ。どうせさっきのセンタリングはまぐれだろ？　ふだんはドンクサイ涼平《りょうへい》ちゃんだもんなー」

倉田《くらた》がそう声をはりあげると、とりまきたちが手をたたいて合唱《がっしょう》した。

「ドンクサイ！　ドンクサイ！」

耳の下の血管《けっかん》が、ドクン、ドクンと脈《みゃく》を打ってきた。

ぼくは倉田たちにくるっと背《せ》を向けると、廊下《ろうか》へと走った。あとからどっと笑い声が追いかけてくる。

階段《かいだん》をかけおり、昇降口《しょうこうぐち》の靴箱《くつばこ》まで走った。顔をほてらせたまま靴《くつ》をはきかえていると、だれかが声をかけてきた。

「小谷《こたに》くん」

ぼくはハッと顔をあげる。川村優太《かわむらゆうた》だ。ひょろっとした体を小さくかがめて、ぼそぼそと言った。

「あ、あのさ、ぼくはさ……、倉田《くらた》くんは、ホントはそんなに悪いヤツじゃないと思うんだ。……ま、ちょっと、声と態度《たいど》がデカくて、無神経《むしんけい》だけど……」

そう言って、気弱なほほえみを浮《う》かべる優太。ぼくの顔は、もっともっと熱くなった。

「だから、あんまり気にしないで……」

倉田《くらた》にからかわれたぼくを、気づかってくれてるんだ！

倉田が無視《むし》するようになってから、ぼくも優太《ゆうた》と話しづらくなっていた。積極的《せっきょくてき》に優太を無視したわけじゃない。でも、倉田を気にするばかりで、優太の気持ちなんてこれっぽっちも考えてなかった。

なのに……。

自分の恥《は》ずかしさをかくしたかったからかもしれない。ぼくは思わず聞いてしまったんだ。

「ゆ、優太くん……。きみ、倉田になにかしたの？」

こんなやさしい優太が倉田を怒《おこ》らせたなんて、やっぱり変だ。なんで倉田は優太を無視し始めたんだろう。

優太はちょっとまゆをひそめて首をふった。

「言えない。倉田《くらた》くんの名誉《めいよ》にかかわることだから……」

つぶやくようにそれだけ言うと、優太《ゆうた》は背中《せなか》を丸めて昇降口《しょうこうぐち》を出ていった。ぼくは優太の後ろ姿《すがた》に向かって言った。

「あ、ありがとう、優太くん」

聞こえたかどうかわからない。

「ごめん」とも言いたかったけど、言葉にならなかった。

「なんで倉田のさそいに乗らなかったんだよ。チャンスなのにさー」

帰り道、肩《かた》に乗った疫病神《やくびょうがみ》が文句《もんく》を言

う。

優太《ゆうた》に悪いことしたな。倉田《くらた》の名誉《めいよ》ってなんだろう……。そんなことで頭がいっぱいだったぼくは、イラッとした。うるさいなあ、こっちはそんな気分じゃないんだよ。

「乗るわけないじゃん」

ぼくはぶすっと返事をした。

こいつ、さっき倉田に肩《かた》をたたかれたときは、ポケットにいたんだっけ？　もう一度のびちゃえばよかったのに……。つい、いじわるな気分になる。

「明広《あきひろ》と遊ぶのを断《ことわ》ったんだから、倉田と遊ぶわけにいかないよ」

「そんなのかまわないさ」

「ぼくはかまうの。行きたかったら、ひとりで行けば？　おまえがどうしようと、倉田《くらた》がどうなろうと、ぼくは一切《いっさい》関係ないから！」

「涼平《りょうへい》、おまえも倉田の不運を願わなかったか？」

疫病神《やくびょうがみ》はみょうにやさしい声で言った。

「さっき、からかわれてくやしかっただろ？　あんないやなヤツがレベル６《シックス》の不運に見舞《みま》われたら、ざまあ見ろって気分じゃないか？」

ぼくはムッと黙《だま》った。ネコなで声は続く。

「倉田なんて、少し痛《いた》い目にあった方がいい。そう思わなかった？」

「悪魔《あくま》のささやき」っていうのは聞いたことあるけど、こういうのを「疫病神のささやき」って言うのだろうか？

ぼくはプルプルと頭をふった。

「やめろよ、ぼくはそんなこと思ってない。それにサッカーやったって
うまくいかないのは、さっきの体育でわかっただろう。さっさとなんと
か装置《そうち》を直して、あしたの作戦を考えた方がいいんじゃない？」
疫病神《やくびょうがみ》はぼくを横目で見て、ニッと笑った。
「そうだな。さっさと帰って作戦会議しよう！」
あぁ、やっぱりこいつに協力しなきゃいけないのか？
ぼくはきょう百回目くらいのため息をついた。

作戦会議は疫病神《やくびょうがみ》と!?

その3

作戦会議と木登り名人

「おまえの部屋も、例のにおいがするな」

疫病神《やくびょうがみ》が鼻にしわを寄《よ》せた。

「キンモクセイ？　うん、おとなりの庭にあるんだ。秋が来たなあって感じ」

「いいから、窓閉《まどし》めろ。これから大事な作業をしなきゃならないんだからら」

まったく人づかいの荒《あら》い神様だ。

さっそく疫病神はぼくの部屋の机《つくえ》の上で、小さな機械と格闘《かくとう》し始めた。

今まで気づかなかったけど、疫病神《やくびょうがみ》は腰《こし》に袋《ふくろ》を下げている。その中に、仕事に使う必要なものがつめこまれているんだって。うすよごれた手ぬぐいに、七つ道具セットに、紙をたばねた小さな帳面……。

大したものは入ってないじゃんと思ったが、なんと古めかしい帳面はスマホかタブレットみたいなものらしい。メモを取るのはもちろん、疫病神どうしで連絡《れんらく》し合ったり、指令《しれい》を受けたり、担当《たんとう》する人間の情報《じょうほう》を集めたりもできるそうだ。

「人間みたいに原始的な電波を飛ばすんじゃない。おれたちは強い妖力《ようりょく》を使って通信しているんだ」

と、疫病神はいばる。

字が読めないのにどうやって……と思ったが、疫病神には独特《どくとく》の神文《かみも》

字《じ》があるんだそうだ。「人間の字は読めない」ってことらしい。

夕方までかかって、視線《しせん》しゃだん装置《そうち》はなんとか直ったようだ。

「見てろ、涼平《りょうへい》」

疫病神《やくびょうがみ》は小さな機械を帯《おび》につけると、右手でスイッチを入れる。そのとたん、疫病神の姿《すがた》はかき消えた。すごい！

「うん、かんぺきだ」

また姿を現《あらわ》すと、疫病神は満足げにうなずいた。視線しゃだん装置も、妖力《ようりょく》で作動するんだって。ぼくはすなおに感心し、そして、ほっとした。

これでもう、不運配りは疫病神ひとりでできるはず。ぼくは手をかさなくてもいいんだ！

そのとき、母さんの声が廊下《ろうか》にひびいた。

「涼平《りょうへい》、ごはんよー」


夕飯はぼくの大好きなオムライスだった。それなのに……。

はしっこからちょっとずつ減《へ》っていくんだ。

見えない疫病神《やくびょうがみ》が横から手を出して、勝手に食べているらしい。

部屋に戻《もど》ると、疫病神が机《つくえ》の上に姿《すがた》を現《あらわ》した。小さなスプーンをぺろぺろとなめている。

「おまえんちのオムライス、なかなかいけるな。うまかった！」

「ぼくの夕飯を横取りするなよ！」

「ちょっとくらい、いいじゃないか。おれ、小食だし」

くっそー！　小食ってわりには、減《へ》り方《かた》が激《はげ》しかったぞ。

疫病神《やくびょうがみ》は、きれいになめたスプーンを、七つ道具セットの中にしまった。

「よし、それじゃあ作戦会議だ」

右手を上へ突《つ》きあげて、疫病神は叫《さけ》ぶ。

「ちょっと待って！　視線《しせん》しゃだん装置《そうち》が直ったんだから、もうひとりでできるだろ？　ぼくは関係ない」

ぼくが断固《だんこ》とした声で言うと、疫病神は悲しそうな顔をした。

「協力するって言ったじゃないか……」

「言ってない」

「一度おれを見ちゃったら、それはもう絶対《ぜったい》帳消しにならないんだぞ。もしおれが失敗したら、大神様《おおがみさま》がおまえにもレベル20《にじゅう》の不運を……」

「おどすな！」

ぼくはイライラして言った。オムライスのうらみは深いんだ。

すると疫病神《やくびょうがみ》は、両手の人差し指をツンツンと突《つ》き合わせながら、口の中でぶつぶつとつぶやき始めた。

「おれはさ、学校のことよくわからないから、自信ないんだよな……。失敗して着物

取られて、またレベル1《ワン》の不運をちまちま配るなんてやだなぁ。なんとかレベル6《シックス》をクリアして、緑の帯《おび》をしめたいんだよー」

ぼくはまゆを寄《よ》せて、しばらく考えた。同じクラスの子を不運にあわせるなんて、とんでもないよな。疫病神《やくびょうがみ》の手助けなんて絶対《ぜったい》したくない。

でも……、こいつが失敗したら、レベル20《にじゅう》の不運？　骨折《こっせつ》？

ぼくは三回ため息をついて、それからしぶしぶ言ってみた。

「協力はしないけどさ、なんか案があるなら聞いてやるよ」

すると疫病神は、パーッと明るい顔になって手をパンとたたいた。

「よーし！」

立ち直り、早すぎ！　おしゃべりなだけじゃなく、お調子者なのかな。

よく聞けよと、疫病神はぺらぺらと作戦を並《なら》べ立てた。

「理科室で、実験用ガスコンロを爆発《ばくはつ》させる」

「音楽室で、ピアノをたおす」

「家庭科室で包丁《ほうちょう》をふりまわす」

ぼくはあんぐりと口を開けた。なんだ、それ！

「あのさぁ、そんなの絶対《ぜったい》無理。あぶなすぎる。何人もケガ人が出るよ。

第一、だれがそれをやるの？」

疫病神《やくびょうがみ》は上目づかいでぼくを見ると、黙《だま》って指を突《つ》き出す。

「ぼく？　冗談《じょうだん》！　絶対しないからね」

「じゃ、どうすればいいんだよぅ」

また落ちこんだ疫病神が、口をとがらせた。

「学校のことは、涼平《りょうへい》が一番よく知ってるんだから、ちょっとぐらい作戦を考えてくれたっていいじゃないか。人助けだと思ってさ」

人じゃないじゃん、神じゃん……。

だいたい、人の願いを聞いたり手助けをしたりするのは、神様の方じゃないのか！

だけど、いじいじと人差し指を突《つ》き合わせている姿《すがた》を見ると、なんだか気《き》の毒《どく》になってきた。

ぼくは一瞬《いっしゅん》顔をしかめてから、しぶしぶ言った。

「じゃあさ、こういうのはどうかな……」

いくつかアイデアを出すと、疫病神《やくびょうがみ》は、別人、じゃなくて別神《べつじん》のようにうれしそうな顔をした。

「よし、いいぞ！　涼平《りょうへい》、やっぱりお前は頼《たよ》りになるな。でも、それ具体的にはどうやればいいんだ？」

それからぼくらは、作戦実行について細々《こまごま》と話し合った。

疫病神《やくびょうがみ》はいちいち帳面にメモをすると、小さなエンピツを鼻の下にはさんでちょっと考えこみ、うれしそうに笑った。

「よし、あとは成《な》り行《ゆ》きだな。じゃ、あすにそなえて、早く寝《ね》るとしよう」

疫病神は骨《ほね》ばった腕《うで》を突《つ》き出して、V《ブイ》サインをつくる。

満足そうな顔の疫病神は、ぼくが出してやったタオルにくるまって、机《つくえ》の上でさっさと眠《ねむ》りこんでしまった。

ぼくはちっちゃないびきをかいて寝ている疫病神を、しばらくながめていた。

今のうちに、こいつを窓《まど》から放り出しちゃおうかな……。

そーっと手を出して、タオルごと持ちあげようとしたときだ。バチッと音がしたかと思うくらい、とつぜん疫病神《やくびょうがみ》が目を開けた。

ぼくはビクッとして、あわてて手をひっこめる。

「あしたはよろしくな、涼平《りょうへい》。おまえも早く寝《ね》ろ！」

ぼくは両手を後ろにかくし、あわててうなずいた。

疫病神はひとつ大あくびをして、

タオルをかぶった。息をするのに合わせて、タオルがかすかに上下している。
あーあ、とうとうぼくは疫病神《やくびょうがみ》の協力者か……。
ぼくはぼんやりタオルを見ながら、きょう一日のことを思い返した。
それからあしたの作戦のこと……。
そうだ、こうしちゃいられない。
ぼくは机《つくえ》の上のタブレットの電源《でんげん》ボタンを押《お》した。
「原始的な電波」を使うしかないけど、通信は疫病神だけのものじゃないぞ。
寝《ね》る前にメールを送っておこう。

「お、きょうは元気そうじゃん」

次の朝教室に入ると、明広《あきひろ》がニマッと笑って声をかけてきた。

「ほんと！　きのうは心配したんだよ。涼平《りょうへい》、マジ変だったもんね」

さやかには、背中《せなか》をドンとたたかれた。

「い、いや、おかげさまで……」

「あとでまた、秘密文書《ひみつぶんしょ》送るからなー」

明広は手をふって、自分の机《つくえ》の方へ歩いていった。

「う、うん、返事書くね……」

ぼくは苦笑いした。実はきのうより状況《じょうきょう》が悪くなっているんだよ、明広。

まだ疫病神《やくびょうがみ》は肩《かた》の上に乗ってるし（視線《しせん》しゃだん装置《そうち》で姿《すがた》は見えない

けど）、なんたってきょうは、本格的《ほんかくてき》に作戦の手助けをしなきゃならないんだから。

ぼくはドキドキしながら、作戦開始のときを待った。


「それでは、おとといの漢字のテストを返しまーす。平均点《へいきんてん》は、七十点！」


福知山《ふくちやま》先生が紙のたばをふりながら言った。

二時間目の国語の時間だった。

出席番号順に名前を呼《よ》ばれ、テストを取りに行く。歓声《かんせい》や悲鳴があがったり、点数を見せ合ったりで、教室の中はざわついていた。

ぼくは倉田《くらた》の次。テストを返してもらうと、点数も見ないで倉田を追いかけた。

「倉田《くらた》くん」

「なんだよ」

倉田は机《つくえ》の上にテストを裏返《うらがえ》しに置くと、めんどうくさそうにふり向いた。

「おまえの席、あっちじゃないか」

「あ、あの、倉田くん。きのうはサッカーにさそってくれたのに、断《ことわ》ってごめん……」

「だから、なんだよ」

うるさそうに顔をしかめる倉田。話しながら、ぼくは自分のテストを倉田のテストの横にそっと置いた。

「き、きょうだったら、放課後遊べるんだけど……」

「きょうか？　えーと、きょうはたしか家庭……」

倉田《くらた》が顔をしかめて天井《てんじょう》を見たすきに、ぼくは自分のじゃなくて、倉田のテストを手に取った。それから、ドキドキしながら続けて言った。

「そ、それに、よかったらぼく、一度、フォワードをやってみたくて……」

「な、なに言ってんだ。フォワードなんて、涼平《りょうへい》には百年早い！」

倉田が怒鳴《どな》ったので、ぼくはあわてて自分の席に飛んで帰った。でも、手にはしっかり倉田のテストを持っている。

ちらっと見ると三十点だ。倉田も、漢字には苦労してるんだなー。

ぼくはテスト用紙のはしっこに、セロハンテープをはった。そのテープには細いテグスがついていて、窓《まど》から外へとのびている。

ぼくは窓《まど》からちらっと顔を出して、小さく片手《かたて》で合図した。教室は二階。下の地面では、疫病神《やくびょうがみ》がテグスのはしっこをにぎって待っているはずだ。

ぼくはひとつ深呼吸《しんこきゅう》をすると、大声で叫《さけ》びながら、テグス付きのテストを頭の上でふった。

「倉田《くらた》くーん！　ごめん、まちがえてきみのテスト持ってきちゃった」

倉田がはっとしてこっちを見た。

その瞬間《しゅんかん》！

「あっ」

高々とさしあげたテスト用紙がぼくの手を離《はな》れ、ひらひらと窓《まど》の外に消えていく。当《とう》の倉田《くらた》だけじゃなく、クラス全員が叫《さけ》んだ。

「ああーっ！」

倉田はものすごい勢《いきお》いで窓《まど》にかけ寄《よ》ると、身を乗り出して外を見た。

テストは、キンモクセイの横の、サルスベリの木のてっぺんにひっかかっていた。そんなに高い木じゃないけど、根もとからてっぺんまで三メートルはあるだろう。

「倉田くん、あぶない！」

先生が飛んできて、倉田のT《ティー》シャツを

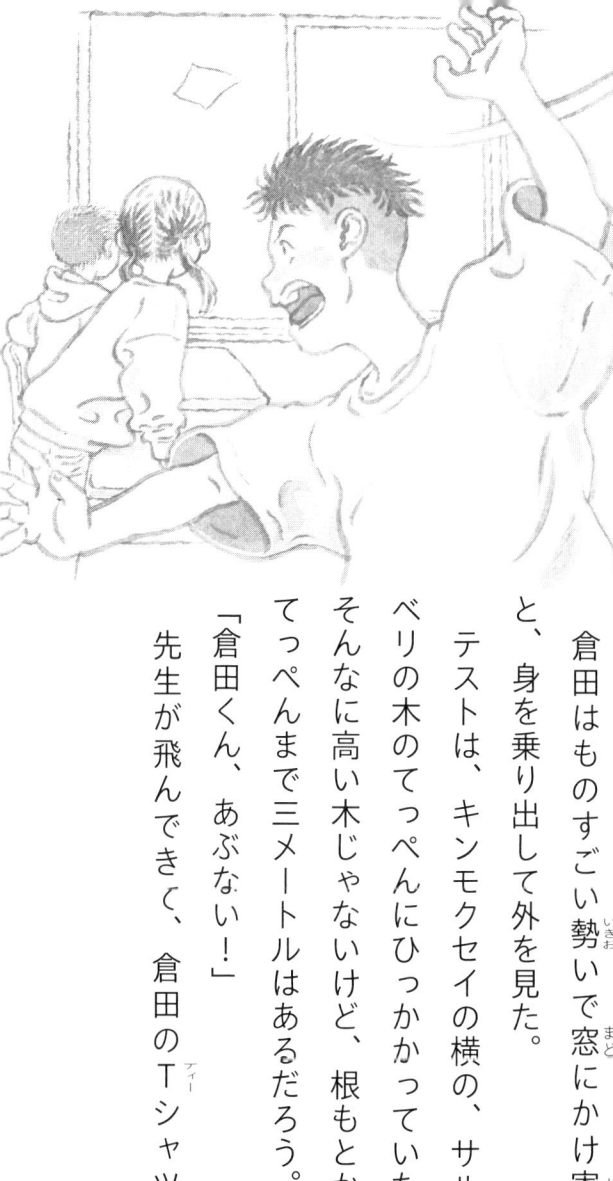

グッとつかむ。

「そんなに乗り出しちゃだめ！」

その横で、ぼくはきのう決めたセリフを棒読《ぼうよ》みした。

「あーあ、こりゃ下におりて、木に登るしかないなあ」

「涼平《りょうへい》、おまえのせいだぞ！　おまえが取ってこい！」

倉田《くらた》がこうふんして怒鳴《どな》る。

そ、その展開《てんかい》は予想していなかった！

「えーっ！　ぼ、ぼ、ぼく、木登りは……」

口ごもって両手をひらひらさせていると、さやかが窓《まど》の外を見ながら言った。

「あ、けっこう風が吹《ふ》いてる。倉田、早くしないと飛んでっちゃうよ。

この風向きだと、校門を飛び出して、大通りまで行っちゃうかもねー」

三十点のテストが、学校の外まで飛んでいく?

倉田《くらた》の顔がぐにゃっとゆがんだ……と思ったら、先生の止めるのも聞かないで、教室を飛び出していったんだ。

倉田に続いて、福知山《ふくちやま》先生にさやか、ほかにも十人くらいはドタドタと廊下《ろうか》を走って階段《かいだん》をおりていった。ぼくたち残りのクラスメイトは、窓《まど》にすずなりになって、下の様子をながめる。

倉田がサルスベリの木に登ろうとするのを、先生が必死で止めていた。

倉田の体重に、あの木はたえられないだろう。そこが作戦のねらいだ。

倉田は木登りに失敗して、レベル6《シックス》の不運に……。

ぼくはビクビクしながら、成《な》り行《ゆ》きを見守っていた。

と……。

とつぜんさやかが、倉田《くらた》の横で大声を出した。

「倉田、知ってる？　これはサルスベリ。サルもすべる木だよ。倉田には無理だと思うなー。木登り名人のあたしが取ってきてあげる」

先生が止める間もなく、さやかはスルスルと木に登り始めた。

「きゃーっ、さやか！　気をつけて！」

二階の窓《まど》から女の子たちが叫《さけ》ぶ。

みんなの心配をよそに、さやかは身軽に木のまたまで登ると、手をさしのべてテストをつかみ、楽々と地面におり立った。

みんなはどっと歓声《かんせい》をあげた。すごい！　本当に木登り名人だ。
さやかはニコニコしながら、倉田《くらた》にテストを渡《わた》した。ご本人はあっけにとられ、ポカンとさやかを見つめるばかり。

「もう。高木《たかぎ》さんたら！　あぶないことしないでね」

先生はそう言って、さやかの頭に手をポンとのせる。ケガもなく無事だったので、ほっとしたようだ。

でも、サルスベリの木の下でテグスをひいていた疫病神《やくびょうがみ》は、最低の気分だろう。きっと今ごろ両手をふりまわして、くやしがってるにちがいない。

せっかくキンモクセイの香《かお》りよけに、ちっちゃなマスクまで用意したのにな……。

いやいや、そんなこと考える前にやることがある。

みんなが帰ってくる前に、自分のテスト用紙を取り返しておかないと。

倉田《くらた》の机《つくえ》の上のテストを手に取って、ぼくは凍《こお》りついた。

ぼくのテストは、たったの二十五点だったんだ……。

疫病神《やくびょうがみ》がいくら落ちこんだって、ときは待ってくれない。次の作戦を実行しなくっちゃ。

二時間目と三時間目の間の休み時間、倉田《くらた》はいつも仲間とハンドベースボールをやる。

ぼくと疫病神は、そばで観戦しているふりをして、チャンスをねらった。

倉田が打席に入るとき、疫病神はすばやくかけていって、透明《とうめい》のビニール袋《ぶくろ》を一塁《るい》の手前にしいた。その上に砂《すな》をかぶ

せて、わかりにくくする。

倉田《くらた》が打って一塁《るい》へかけこめば、そのビニールですべってすってんころりん、という作戦だ。

でもこれが失敗。倉田が打つ前に、ファーストを守っていた明広《あきひろ》が転んじゃったんだ。

幸い明広はおしりを打っただけだったが、もうこの作戦は使えない。

「くそっ、あの明広ってヤツにも、疫病神《やくびょうがみ》がついてる。レベル2《ツー》だ。よくも、こっちの作戦を横取りしたな！」

疫病神がぼくの肩《かた》で歯ぎしりしてくやしがっている……らしい。姿《すがた》が

見えないからよくわからないけど。

「むこうの疫病神《やくびょうがみ》は、おれのライバルなんだ。こっちが先にレベル6《シックス》の仕事をもらえたから、ようしと思ってたのに……。こうしちゃいられないぞ！」

疫病神の世界も、競争が激《はげ》しいんだなぁ。

そんな調子で、作戦はことごとく失敗。倉田《くらた》は、トイレの前で疫病神がたおしたモップにぶつからなかった。直前にさやかに呼《よ》び止められて、ふり向いちゃったんだ。

図工の時間。疫病神《やくびょうがみ》は倉田《くらた》の足にタコ糸をていねいにからめた。倉田は、「物語の絵」という課題に夢中《むちゅう》になっていて、なにも気づかない。そのまま立ちあがったときに転ぶって作戦だったんだけど、優太《ゆうた》が教えちゃったんだ。

「あれ、倉田くん。足になにかからまっているよ」って。

優太って、ホントにいいヤツなんだなぁ……。自分を無視《むし》する倉田なんか、放っておけばいいのに。

昼休みの校庭、ぼくは倉田たちが通りかかるのを見はからって、登《のぼ》り棒《ぼう》にしがみついた。ふだんは絶対《ぜったい》やらないのに、じたばたと登るふりをし始める。

思ったとおり倉田《くらた》たちは、無様《ぶざま》なぼくを指さして大笑い。そこでぼくは、かくごを決めて大声で言い放った。

「倉田くんは登れるの？　そんなに笑うんなら、お手本を見せてよ！」

倉田の顔がぱっと赤くなり、どけよとぼくを押《お》しのける。

よし、乗ってきたぞ！

ところが横から明広《あきひろ》が入りこんできて、登《のぼ》り棒《ぼう》をにぎったんだ。

「お手本なら、ぼくが見せてやるよ」

明広はあっというまに登っていき、疫病神《やくびょうがみ》が油を塗《ぬ》ったあたりで手をすべらせて、ストンとおしりから地面に落ちた！

「いてて……」

かわいそうに明広《あきひろ》は、おしりをさすりながら立ちあがる。

「明広！　大丈夫《だいじょうぶ》か？」

青くなったぼくを見て、明広は苦笑いした。

「平気だよ、おれは身軽だから。体重の重いヤツだったら保健室《ほけんしつ》行きだな」

「なんだとーっ！」

こぶしをふりあげる倉田《くらた》。明広とぼくは、あわててその場から逃《に》げ出した。

肩《かた》の上では、疫病神《やくびょうがみ》がくやし

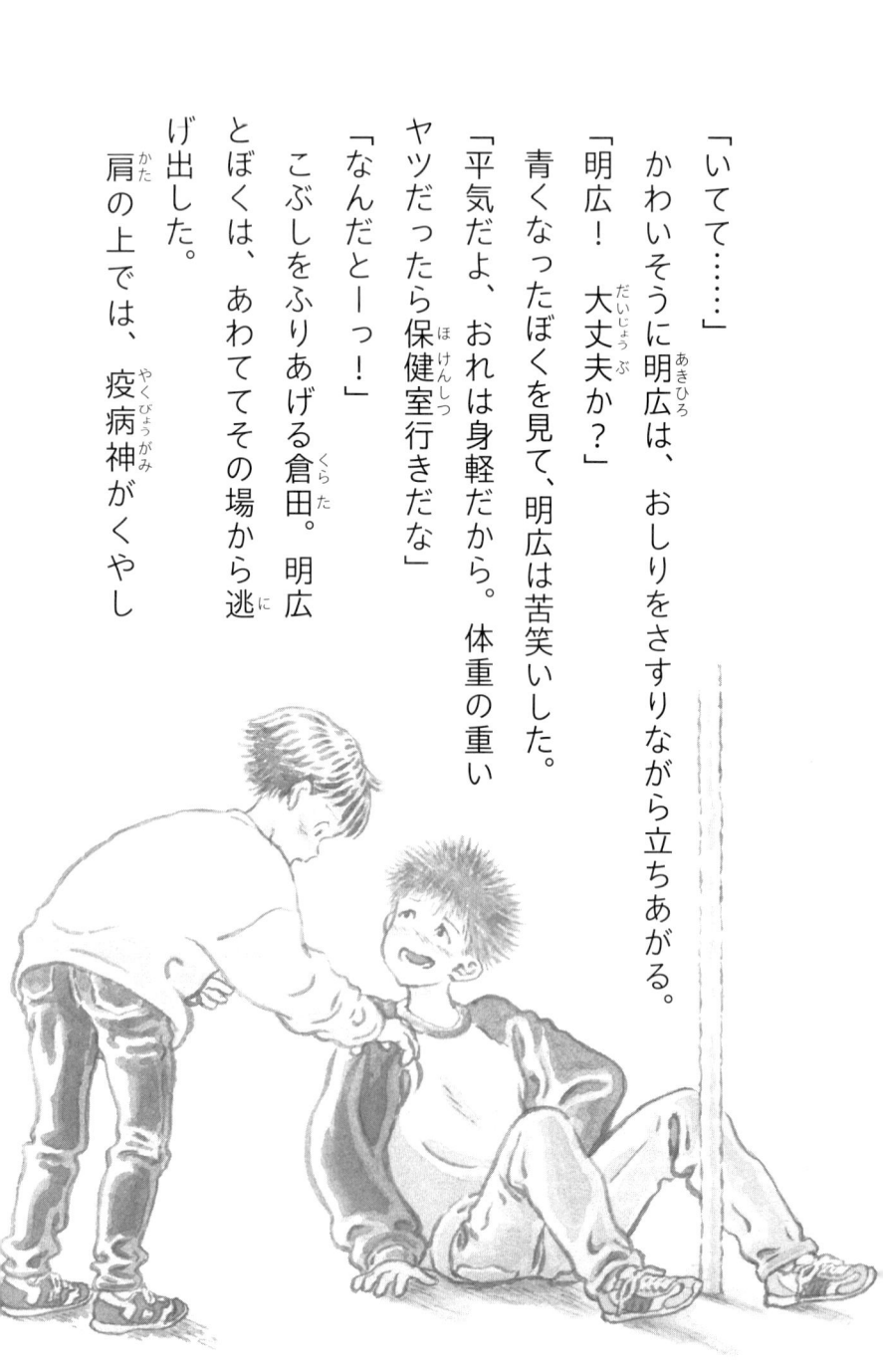

がっている。

「うーっ！　明広《あきひろ》には、まだライバルがついてるのかー」

どうやら倉田《くらた》の方には、疫病神《やくびょうがみ》より強い幸運の女神がついているらしい。

準備《じゅんび》した作戦がことごとく失敗に終わり、授業《じゅぎょう》も終わると、ぼくは肩《かた》の上にいるはずの疫病神に言った。

「きょう倉田は、家に女子大生の家庭教師《かていきょうし》が来てお勉強する日なんだよ。レベル６《シックス》の不運に出会うチャンスは、もうないんじゃないかなあ」

「なにー、家庭教師だって？　ガラにもない。じゃあうちに帰ってひと休みしたら、また作戦会議をするか……」

ぼくは鼻の頭をかきながら聞いた。

「あしたが期限《きげん》なんだよね？　もし失敗したら、倉田《くらた》はどうなるの？

ぼくらがどうなるかは何度も聞かされてるけど、倉田のレベル6《シックス》は？」

疫病神《やくびょうがみ》のため息が聞こえてきた。

「消滅《しょうめつ》だ。そのレベルの不運には、当分あわないですむだろうな……」

そこで疫病神はキッと頭をあげた、らしい。姿《すがた》が見えないから想像《そうぞう》だけど。

「縁起《えんぎ》でもないこと言うなよ！　絶対《ぜったい》あしたは成功させる。ライバルにもまけたくない。涼平《りょうへい》、おまえも気合いを入れて作戦会議にのぞめよ！」

また作戦会議か……。気も肩《かた》も重いぼくは、とぼとぼ家に帰った。

「念入《ねんい》りに計画を立てなくちゃ！」

疫病神《やくびょうがみ》は、今までになく真剣《しんけん》な顔をして言った。

作戦会議をやるなら相手の顔が見えないといやだ、とぼくが言ったので、視線《しせん》しゃだん装置《そうち》のスイッチは切ってある。

疫病神はやたらと机《つくえ》の上を歩きまわりながら、次から次へとアイデアを並《なら》べ立てた。

「給食室の大きなナベに、手を突《つ》っこませる」

「視聴覚室《しちょうかくしつ》のケーブルで、感電させる」

「体育館のキャットウォークから転落させる」

「学校の裏《うら》の木にいるカラスにたのんで、突っついてもらう」

うーん、きのうもそうだったけど、どれもこれも……。

「あのさぁ、どうやったらそんなことできるんだよ。どうせ考えるんだったら、もっと現実的《げんじつてき》な作戦にしなよ」

疫病神《やくびょうがみ》は、机《つくえ》の上にぺたんと座《すわ》って、もしゃもしゃの髪《かみ》をひっかきまわした。

「うーっ！　おまえ、冷たいなぁ……。他人事《ひとごと》だと思ってるだろ。他人事じゃないんだぞ。おまえにだって、不運が降《ふ》りかかるんだから。骨折《こっせつ》は痛《いた》いぞーー！」

うう、おどすのはやめろって。

疫病神はとうとう机の上につっぷして、うじうじとつぶやき始める。

「やだなー、ライバルに笑われるんだろうなー。帯《おび》も着物も取りあげられたら、どこに袋《ふくろ》を下げたらいいんだ？　パンツに下げたら脱《ぬ》げるよな……」

自分の心配ばっかりするなよ。こっちも、自分が骨折《こっせつ》するか、クラスの仲間にケガをさせるかの究極《きゅうきょく》の選択《せんたく》で、けっこうしんどい思いをしてるんだぞ！

ぼくは椅子《いす》の背《せ》に頭をもたせかけ、天井《てんじょう》をにらんでしばらく考えこんだ。

それから、机《つくえ》の上にうつぶしている疫病神《やくびょうがみ》にのろのろと声をかけた。

「たとえばさあ……」

疫病神は、がばっと起きあがって正座《せいざ》する。

「うんうん、たとえば？」

ぼくが思いつきを話し始めると、疫病神《やくびょうがみ》の目はどんどん輝《かがや》いていった。

「ふんふん、なるほど……。そうきたか。さすが、学校のことをよく知ってる涼平《りょうへい》は、考えることがちがう」

何度も首をふって、感心する疫病神。

その真剣《しんけん》な顔を見ているうち、ぼくはついつい手近なプリントに手をのばしてしまった。そして、その裏《うら》に作戦を書き始めたんだ！

倉田《くらた》をレベル6《シックス》の不運にあわせるまでの細《こま》かい計画が、どんどん具体的になっていく。予想されるトラブルをできるかぎりあげて、それが起きたときはどうするかも疫病神と話し合った。

こうして一時間後には、かんぺきで、すばらしい作戦ができあがっちゃったんだ。

ハッとわれに返ったぼくは、あわてて紙を裏返《うらかえ》し両手でおさえた。
「わーっ、だめだめ！　待って、今のは、なし！　こんな作戦なしだ‼」
疫病神《やくびょうがみ》は帳面をふりまわして、座《すわ》ったまま、こおどりしている。
「もう遅《おそ》い。こんなすばらしい作戦、なしにはできないよーだ！」

うう、そうなるよな……。

疫病神《やくびょうがみ》は目をうるうるさせて、満足そうにため息をついた。

「ふーっ。これで大丈夫《だいじょうぶ》。緑の帯《おび》をもらえそうだ。おまえも骨折《こっせつ》から逃《のが》れられるしな！」

だけどさ、倉田《くらた》はケガをするかもしれないんだ……。

ぼくは自分の頭をなぐりたくなった。その一方、うれしそうな疫病神を見ていると、こいつも仕事熱心でえらいよなーと、複雑《ふくざつ》な気持ちになる。ぼくはなんだかせつなくなって、疫病神にぽつりと言った。

「疫病神も楽じゃないんだね」

「そうさ。でも、世の中に楽な仕事なんかない。一所懸命《いっしょけんめい》やるだけだ」

疫病神は鼻の穴《あな》をふくらませて、自分の胸《むね》をこぶしでたたく。

ぼくはふと、初めからの疑問《ぎもん》を口に出した。

「でもさ、ずっと不思議に思ってたけど、なんでそんなに一所懸命《いっしょけんめい》、人間に不運を配ってるの？」

「いいか涼平《りょうへい》、よく聞けよ」

ぼくの質問《しつもん》を聞くと、疫病神《やくびょうがみ》はまじめな顔をして人差し指をあげた。

「人間はつい調子に乗っちゃう生きものなんだ。だからおれたち疫病神は、人間にときどき不運を配って、『思いあがるな、うっかりするな。一所懸命、地道に生きていかないと、思わぬ落《お》とし穴《あな》が待っているんだぞ』って忠告《ちゅうこく》してやる。それを乗り越《こ》えてまたがんばれば、人は大きくなれるんだ」

……なるほど。

「レベル10《テン》までの不運を配るのはおれたちの仕事で、それ以上の大きな不運は、大神様《おおがみさま》の領分《りょうぶん》だって言ったよな？　おれたちは割《わ》りふられた仕事を、ひとつひとつ確実《かくじつ》に配るだけだ。がんばれば、福《ふく》を配る『福の神』にレベルアップできるしな。こう見えて、おれたちはありがたーい神様なんだぞ！」

ぼくはすなおに感動してしまった。

「……いばってるね」

「尊《とうと》い仕事をしているんだから、ちょっとぐらい、いばったっていいだろ？　しかし、おまえはいいヤツだな」

疫病神《やくびょうがみ》は正座《せいざ》をあぐらに変えて、しみじみ言った。

えっ？

ぼくはあせった。疫病神《やくびょうがみ》にほめられたところで、喜んでいいのか、悲しんでいいのか、わからない。だいたい、友だちを不運な目にあわせる計画に手をかすのが、いいヤツなわけない。

「この仕事に成功して大神様《おおがみさま》に会ったら、おまえを当分不運に会わせないよう、たのんでおいてやるよ」

頭をポリポリかきながら、疫病神がうけ合う。ぼくはリアクションにこまって、やたらとまばたきをしながら言った。

「あのさあ、この作戦でもだめだったら、どうする？　あきらめる？」

疫病神は、天井《てんじょう》を見あげてちょっと考えた。

「これでもだめだったら……、最終手段《しゅだん》かな」

その言い方に、並々《なみなみ》ならぬ決意を感じて、ちょっと背筋《せすじ》が寒くなった。

「なんだよ、それ」

ぼくはあわてた。そんなのあったのか？

「こいつばかりは、秘密《ひみつ》。おまえにも言えないよ」

疫病神《やくびょうがみ》は真剣《しんけん》な顔で、ぼくをちらっと横目で見た。

「おれにかかってくるリスクも大きいから、めったなことじゃ手を出さない方法だけどな。ここまできて、格下《かくさ》げされるわけにはいかない。まあ、そこまでしなくても、きっとこの作戦で決まりだ」

それから大きく伸《の》びをして言った。

「さあて、おれはこれからちょっと、倉田《くらた》んちへ行ってくる。さっきデータを調べたら、家の中にもレベル６級《シックス》の不運の原因《げんいん》が山ほどあるんだってさ。階段《かいだん》とか、ふろ場とか、兄弟げんかとか」

「でも倉田《くらた》の家はマンションの六階だから、エレベーターを使ってるよ。兄弟っていっても、三歳《さい》の妹だし……」

「ふろ場がある！」

疫病神《やくびょうがみ》はそう怒鳴《どな》ると、ふっと消えた。

ぼくは、疫病神が消えたあとをじっと見つめて思った。

もっと修行をつめば、強い妖力《ようりょく》でちょちょいのちょいって不運を配って歩けるようになるのかもな。疫病神の世界もきびしい。福の神《ふくのかみ》への道もきびしい。

それにしても、「最終手段《しゅだん》」ってなんだ？

ぼくは考えこんだ。

とりあえず、夕飯までにメールを送っておこう。

作戦会議は疫病神《やくびょうがみ》と!?

その4

体育館裏《うら》の大作戦

次の日の朝の通学路。

ぼくの十メートル先を、いつもどおり元気いっぱいで倉田《くらた》が歩いている。

ぼくは肩《かた》の上の姿《すがた》の見えない疫病神《やくびょうがみ》に、こっそり言った。

「残念《ざんねん》だったね、ふろ場の作戦……」

結局疫病神は、ゆうべ遅《おそ》くまで帰ってこなかったらしい。

「ふわぁ……」

肩の上から、大きなあくびが聞こえる。

「寝不足《ねぶそく》だー。でも、すんじゃったことはしょうがない。それより、きょうの作戦の段取《だんど》りは？」

「はいはい、ちゃんとやってますよ」

どうせふろ場はだめだろうと思ってたから、いつもより一時間も早起きしたんだ。その間、疫病神《やくびょうがみ》は机《つくえ》の上のタオルにくるまってグーグー寝てたけどさ。

ただ、ちょっと不安だ。

「ねえ、こんな過激《かげき》なことして、命の危険《きけん》があるってことはないのかな……」

「それはない！」

疫病神は、きっぱりと言った。

「おれたちはきっかけをつくるだけで、あとはそいつの運命が結果を決めるんだ。レベル6《シックス》の不運に見舞《みま》われるはずの人間が、命を落とすことは絶対《ぜったい》にない」

「そうか。じゃ、安心だね」

安心っていうのもおかしな話だけど……。

「よーし、たのんだぜ、相棒《あいぼう》！」

あーあ、疫病神《やくびょうがみ》に相棒呼《よ》ばわりされちゃ、おしまいだよな。

教室に着くと、明広《あきひろ》とさやかと優太《ゆうた》が、頭を突《つ》き合わせて話しこんでいた。

「おはよう」

と声をかけると、三人はパッと離《はな》れて、ぎこちない笑顔をぼくに向ける。明広《あきひろ》はそそくさと近寄《ちかよ》ってきた。

「おはよう、涼平《りょうへい》。遅《おそ》かったな。きょうは元気か？」

「う、うん。まあまあ……」

「そうか、よかった。きょうも一日、がんばっていこうぜ！」

明広はこぶしを突《つ》きあげてみせると、またさやかと優太《ゆうた》のもとへ戻《もど》っていった。

「おい、あいつらおかしくないか？　なん

か様子が……」

肩《かた》の上から声が聞こえる。ぼくはランドセルを勢《いきお》いよくおろした。

「そうかな？　ぼくは作戦のことで頭がいっぱい。ほかのことなんか、かまってられないよ」

「そ、そうだな。おれも集中しないと……」

「そうだよ。もともと、おまえの仕事なんだから」

ぼくが怒《おこ》ったように言うと、疫病神《やくびょうがみ》は黙《だま》った。


四時間目。

ぼくは用意しておいた秘密文書《ひみつぶんしょ》を、グシャグシャに丸めて小さな玉にした。それをそっとさやかに渡《わた》して、倉田《くらた》を指でさす。さやかは口の形だけで「く・ら・た？」と首をかしげた。

そうだよとぼくはうなずく。紙の玉が、どんどんほかの子の手を渡《わた》っていって、とうとう倉田《くらた》の机《つくえ》に届《とど》いた。胸《むね》がドキドキしてくる。

倉田は器用に紙を広げると、熱心に読んでるみたいだ。あれには、こう書いておいたんだ。

倉田くんへ
きみにしか語せない、ないしょの語しがあります。
昼休みに、体育かんのうらにきてください。
ぜったい、ないしょだよ。
小谷《こたに》涼平《りょうへい》

ドキドキしながら倉田《くらた》を見ていると、あいつはちらっとこっちをふり向いて、親指を立てて見せた。りょうかい、ってことだな。

倉田に小さくうなずいて見せてから、今度は明広《あきひろ》あての秘密文書《ひみつぶんしょ》を書く。

胸《むね》のドキドキが、バクバクに変わっていた。

昼休みになるとすぐ、ぼくは疫病神《やくびょうがみ》を肩《かた》に乗せ、体育館の裏《うら》へ走った。

この場所はふだん、子どもが入ってはいけないことになっている。先生たちの目が届《とど》かないし、今は校内の粗大《そだい》ゴミ置き場になっているからだ。

こわれた机《つくえ》や椅子《いす》、ボール入れの鉄のカゴや古い木のたななんかが、ごちゃごちゃ置いてある。

ぼくは、かべに立てかけてある古い卓球台《たっきゅうだい》の前で、倉田《くらた》を待った。

脚《あし》をはずした卓球台は、ロープをかけて、たおれないように雨どいにくくりつけてあった。

「おまえ、腰《こし》になにつけてんの？」

疫病神《やくびょうがみ》は、ぼくのズボンのベルト通しから下がった布袋《ぬのぶくろ》に気づいたみたいだ。

「これはぼくの最終手段《しゅだん》。秘密《ひみつ》だよ」

ぼくがそう答えると、疫病神はククッと笑った。

「おれのマネすんじゃねえよ。大丈夫《だいじょうぶ》、絶対《ぜったい》成功させるって」

「ねえ……」

ぼくは小声で疫病神《やくびょうがみ》に言った。

「万が一、まきぞえになるとこまるから、視線《しせん》しゃだん装置《そうち》を切っておいてよ。姿《すがた》が見えないと、助けてあげられないよ」

「よし、わかった。おまえ、ほんとよく気のつくヤツだよなあ。人間にしておくのはもったいない。仲間にならないか？　大神様《おおがみさま》にすいせんしてやるよ」

ぼくは肩《かた》をすくめて、苦笑いする。

「なに言ってんの。疫病神なんて、まっぴらだよ」

そのとき、むこうから足音が聞こえてきた。

「倉田《くらた》だ」

ぼくのささやきで、疫病神《やくびょうがみ》はさっと卓球台《たっきゅうだい》のむこうに姿《すがた》を消した。

「おーい、涼平《りょうへい》」

のんびりした声が聞こえ、倉田《くらた》が体育館の角をまわってやってきた。

「あ、倉田くん。こっちだよ」

ぼくは、落ちついたふりで手まねきした。心臓《しんぞう》はバックンバックンだったけど……。

「なんだよ、わざわざこんなとこに呼《よ》び出して。秘密《ひみつ》の話って？」

「う、うん。ちょっとこれを見てもらいたくて……」

ぼくはポケットから紙を出しながら、少しずつ後ろに下がった。ちょうど倉田が卓球台の前に立つように……。

ここまではかんぺき。なにもじゃまが入ってない。今ごろ疫病神《やくびょうがみ》が七つ道具の中のナイフで、卓球台《たっきゅうだい》にかかったロープを切断《せつだん》し始めているはずだ。

「なんだよ、なにが書いてあるんだ？　早く見せろって」

倉田《くらた》が片手《かたて》を突《つ》き出してせかす。

「ほ、ほら、これ……」

ぼくはおそるおそる、四つ折りの紙を渡《わた》した。

「どれ……」

倉田は紙を広げて、じっと見た。

あたりはシーンとしている。

おーい、早くしてくれ。早く！

あの紙は、ぼくが描《か》いたへたくそな地図だ。×印《バツじるし》に「やばすぎる宝《たから》もの」なんて書いてあるふざけた代物《しろもの》。

倉田《くらた》が怒《おこ》り出す前に、早く、早く来て……。

「涼平《りょうへい》、これなんだ？」

倉田が目をあげた。か、顔がこわい！

「え？」

ぼくが情《なさ》けない笑みを浮《う》かべ

てあとずさりしたときだ。
卓球台《たっきゅうだい》がミシッときしんだ。
ロープが切れた！
そう思ったとたん、倉田《くらた》の後ろで大声がした。
「倉田っ！　あぶない、下がれ！」
明広《あきひろ》だ！
次の瞬間《しゅんかん》、バウンと大きな音を立てて、卓球台が二枚《まい》いっしょにたおれてきた。
ガラガラガラッ！　はずみで、あたりの机《つくえ》や椅子《いす》も、どっとくずれる。
まわりは砂《すな》ボコリで、ほとんどなにも見えなくなった。

やっとあたりが見えてきた。

たおれた卓球台《たっきゅうだい》の横で、倉田《くらた》が頭をかかえて、うずくまっている。

その横に、明広《あきひろ》がぼうぜんと立っている。

そしてその後ろには、さやかと優太《ゆうた》も。

ぼくがケホケホとホコリにむせていると、いきなり倉田が大声で泣き出したんだ。

「うおーっ、痛《いた》い、痛いよぅ！　助けてくれ――！　痛い――」

えっ？　やっぱりケガしちゃったのか!?　ど、どうしよう……。

ぼくが立ちすくんでいる間に、明広とさやかと優太が倉田にかけ寄《よ》った。

「大丈夫《だいじょうぶ》か？　倉田、どこが痛いんだ？」

明広《あきひろ》が倉田《くらた》の背中《せなか》をさする。

「痛《いた》いよぅー、ものすご――――く痛い！」

倉田は泣くばかり……。


そのとき……。

コトリ……。ぼくの横で、小さな音がした。

ハッとして音の方に目を向ける。

静まりかけたホコリの中で、黒い影《かげ》が動いている。ちょっとふらふらしてるみたいだ。

やるなら今？　でも……？

ぼくはギュッとこぶしをにぎった。

やっぱりやらなきゃ。ぼくの最終手段《しゅだん》を。

今を逃《のが》したら、この先どうなるか。

ぼくは思い切って、その黒い影《かげ》に飛びかかった。

「ゴメン、疫病神《やくびょうがみ》！」

◇◇◇

「だからさ、いったいどこが痛《いた》いんだよ、倉田《くらた》。ちゃんと言わないと、わからないじゃないか！」

おしりをぺたんと地面につけて大泣きしている倉田に向かって、明広《あきひろ》が怒鳴《どな》った。みんなで寄《よ》ってたかって調べているのに、どこにケガをしているのか、さっぱりわからないんだ。

この世の終わりみたいな倉田《くらた》の大泣きは、ぜんぜん止まらない。

「うおーっ、うおーっ！」

かこんでいたみんなが一度立ちあがり、こまった顔を見合わせたときだ。やっと倉田が言葉を発した。

「こ、ここ、ここ……!!」

右手の小指を突《つ》き出す。

「え、小指？　まさか骨《ほね》が折れたとか？」

優太《ゆうた》ががかんで、そっと倉田の手を包みこみ、小指に顔を近づけた。

「あ、これ……？」

みんながおでこを突《つ》き合わせてよく見ると、倉田《くらた》の小指の先に、小さな小さなトゲがツンと刺《さ》さっている。

優太《ゆうた》が慎重《しんちょう》にトゲの先をつまんで、ひょいとぬいた。

とたんに、倉田の泣き声が止まった。

「なにー？　それだけー!?」

あっけにとられたさやかが、大声で叫《さけ》ぶ。

「あきれた！　なんて大げさなヤツ。いつもいばってるくせに！」

倉田は真っ赤な顔で、クスン、クスンとすすりあげながら、言いわけをする。

「だ、だって、痛《いた》かったんだもん。おれ、針《はり》とかトゲとかに、弱いんだよぅ……。この前、病院でワクチンの注射《ちゅうしゃ》をしたあとに、優太に泣いてるとこ見られてさぁ……」

とつぜんの倉田《くらた》のカミングアウトに、優太《ゆうた》は下を向いてモジモジし始めた。

そうか！　優太はたまたま倉田の弱みを見ちゃったから、倉田に無視《むし》されるハメになったのか!!

あきれたようにさやかが言った。

「しょうがないなぁ、倉田はー。ほらほら、ちゃんと立って。もう痛《いた》くないでしょ？」

倉田の腕《うで》をひっぱって立たせ、服のホコリをはらってやる。まるで、保育園《ほいくえん》の先生みたいだ。

ぼくは心の底からホッとして、思わず大声を出した。

「あー、よかった！　倉田《くらた》、ほんとに大ケガしたのかと思ったよ」

明広《あきひろ》が、ぼくの肩《かた》をたたいて首をすくめた。

「そうじに手間取って、来るのが遅《おそ》くなっちゃった。悪かったな、涼平《りょうへい》」

「ううん、来てくれてうれしいよ！　『昼体み、体育かんのうら』ってだけの秘密文書《ひみつぶんしょ》じゃ、伝わるかどうか心配だったんだ」

早く、早く来てって心の中で叫《さけ》んでいたのは、ないしょだ。

「信用しろよ。おれとおまえの仲じゃんか！　で、あれはなんなんだ？」

明広が、すぐ横のかたむいた机《つくえ》の上を指さす。

明広とさやか、そして優太《ゆうた》が机《つくえ》にかけ寄《よ》った。

「これ、なに？」

さやかが机《つくえ》の上の布袋《ぬのぶくろ》に手をのばす。

「さわっちゃだめ！」

ぼくは大声を出して、さやかに飛びついた。

「この中身を見ると、みんなに不運が降《ふ》りかかっちゃうんだ！」

不思議がるみんなに、ぼくは疫病神《やくびょうがみ》との三日間を話して聞かせた。

学校に来る途中《とちゅう》、視線《しせん》しゃだん装置《そうち》のこわれた疫病神をぐうぜん見ちゃったこと。

疫病神を見た人間は、大きな不運に見舞《みま》われること。

それをまぬがれるために、ぼくは疫病神の手伝いをして、倉田《くらた》にレベル６《シックス》の不運を配るための作戦をねらなきゃならなかったこと……。

「でも、いくら倉田だって、ケガをさせるわけにはいかないじゃないか。

だから、倉田を守ってほしいって伝えたんだ。理由は言えなかったけど」

明広《あきひろ》には秘密文書《ひみつぶんしょ》で、さやかにはメールで、倉田《くらた》に危険《きけん》がせまっているから守ってほしいと、メッセージを送ったんだ。

「びっくりしたよ！」

さやかが目をくりくりさせる。

「だって、なんで倉田を守らなきゃいけないわけ？　倉田なんて守ってやらなくても平気そうだし、少しくらい痛《いた》い目《め》にあってもいいじゃん」

「でもさ、涼平《りょうへい》のことだから、なにか特別の事情《じじょう》があるんじゃないかって思ったんだ。いつもと様子がちがうし、たしかに倉田があぶなそうな場面もあったし。だからさやかと相談《そうだん》して、優太《ゆうた》にも仲間になってもらった」

明広がそう言うと、優太もひかえめにうなずいた。

「ぼくはちょっとお手伝いしただけだったけど……」

「そんなことない。倉田《くらた》の足にタコ糸がからまったのを、教えてやったじゃん。りっぱなチームの一員だよ」

明広《あきひろ》がうけ合う。

「で、その疫病神《やくびょうがみ》はこの袋《ふくろ》の中にいるの？」

さやかがこわごわ袋を指さした。

「大丈夫《だいじょうぶ》？　おそってこない？」

「実はね……」

きのう疫病神が、これでもだめなら最終手段《しゅだん》を取るって言い出したことを、ぼくはみんなに話した。ぼくにも言えない秘密《ひみつ》の手段を。

そうなったらぼくはなにもできない。明広たちに手伝ってもらっても、倉田《くらた》の不運を止められない。

しかたなく、ぼくも最終手段《しゅだん》を取ることにした。今朝早く起きて、キッチンのゴミ箱から大きなジャムの空《あ》きビンを拾ってきた。フタにはキリで穴《あな》をいくつか開けておいた。

それから道に落ちていたとなりの家のキンモクセイの花を、たくさん拾ってビンに入れたんだ。においがもれないように、ビニール袋《ぶくろ》で包んで布袋《ぬのぶくろ》に入れ、ランドセルに突《つ》っこんだ。

で、卓球台《たっきゅうだい》をたおしたあと、疫病神《やくびょうがみ》を捕《つか》まえてビンの中に入ってもらったというわけ。今は、オレンジの花に埋《う》もれてぐっすり眠《ねむ》っている。今夜の十二時まで寝《ね》ててくれれば、倉田のレベル６《シックス》は消滅《しょうめつ》するはずだ。

優太《ゆうた》はため息をついた。

「そうかぁ。涼平《りょうへい》くんも、大変だったねぇ。その神様に、三日間もとりつかれてたんだ」

「うん。……でも、悪いヤツじゃないんだよね」

「えーっ、疫病神《やくびょうがみ》なのに？」

と明広《あきひろ》。

「『思いあがるな、うっかりするな。一所懸命《いっしょけんめい》、地道に生きていかないと、思わぬ落《お》とし穴《あな》が待っているんだぞ』って人間に注意するために、疫病神は不運を配って歩いているんだって言うんだ。それを乗り越《こ》えてまたがんばれば、人は大きくなれるんだって。まじめなヤツなんだよ」

「へー！」

三人は、声を合わせて感心した。

「けっこう、ありがたい神様なんだねー。なんか会ってみたいな」

さやかは、また布袋《ぬのぶくろ》に手を出しかける。

「ダメだよ。姿《すがた》を見ちゃったら不運が……」

ぼくがあわてて両手をふると、さやかは首をかしげた。

「もしかして、倉田《くらた》にはまさに必要な神様だったんじゃないの？」

「え、おれが……なに？」

倉田があわてて口を出す。倉田はなにがなんだかわからずに、さっきから、ぼうっと後ろに

立っていたんだ。

「おまえには、あとでゆっくり説明してやるよ」

明広《あきひろ》がびしっと言った。あんなに泣き虫の倉田《くらた》を見ちゃったあとだから、強気だ。倉田は首をすくめて黙《だま》りこんだ。

さやかがまゆを寄《よ》せて言った。

「それはそうと……。倉田にケガをさせられなかった疫病神《やくびょうがみ》は、どうなるの？　仕事に失敗したんでしょ？」

「親分に、お仕置きされたりとか？」

明広もちょっと心配そうだ。ぼくは説明した。

「うーん、お仕置きはないと思うけど、ランクが下がるみたいだよ。やっとレベル６《シックス》の担当《たんとう》になったところだったんだって。また、もっとちっちゃな不運を配って、コツコツランクをあげていかなきゃならないらしい」

するると、優太《ゆうた》がえんりょがちに手をあげて言ったんだ。

「ぼく、どこかにちょっとぶつけるくらいの不運だったら、協力するよ。不運にあった人は、大きくなれるんだよね？」

ぼくは目を丸くした。優太って、マジいいヤツだなー。

「おれも、いいぜ。でも、できれば痛《いた》くない不運がいいけどな」

明広《あきひろ》はおしりをなでながら笑う。

「じゃ、漢字テストで０点取るとか？」

さやかの言葉に、みんな爆笑《ばくしょう》した。ぼくにとっては冗談《じょうだん》じゃないけどさ。それからみんなは、いっせいに倉田《くらた》をふり返った。

「な、なんだよ！」

倉田《くらた》はびっくりしてあとずさり、四人を見まわした。さやかがニヤッと笑って倉田につめ寄《よ》る。

「あんた、ケガするかもしれないところだったのに、みんなに助けてもらったんだよ。だから、とうぜん協力するよね？」

「きょ、協力？」

倉田は口の中でつぶやいた。さやかは、たたみかける。

「疫病神《やくびょうがみ》に協力して、ちょっとは不運な目にあってあげなさいって言ってるの」

「不運？　えーと、そうだな、十円玉落とすくらいなら……」

「ケーチ！」

みんなが同時に叫《さけ》んだ。

「え……、え、じゃあ五十円……？」

あたふたしている倉田《くらた》を見て、みんなはもう一度爆笑《ばくしょう》した。

それからさやかが、布袋《ぬのぶくろ》に向かって声をかけた。

「みんな協力するって言ってるよ。疫病神《やくびょうがみ》さん、またがんばってね」

「がんばれ！」

明広《あきひろ》と優太《ゆうた》も声を合わせる。

みんなの声援《せいえん》をよそに、疫病神はぐっすり眠《ねむ》っているはずだ。かすかないびきが聞こえてくる気がした。グーグー……。

「ほーら、昼休みももう終わりだ。教室に戻《もど》ろう！」

明広が大きく手をまわして、走り出す。

「うん、行こう」

さやかに続いて、優太《ゆうた》もかけ出した。そのあとから、まだなにがなんだかわかっていない倉田《くらた》が、のそのそとついていく。倉田はともかく、みんな元気いっぱいで、当分疫病神《やくびょうがみ》のお世話にはなりそうもなかった。

ぼくは机《つくえ》の上の布袋《ぬのぶくろ》の口を開け、中をそっと確《たし》かめた。オレンジ色の花の中で、幸せそうな顔をして疫病神が眠《ねむ》っている。なんか、おしゃれな取り合わせだ。

ごめんね、だまして。着物取られて、ランクが下がっちゃうんだよな。でも、どうしても友だちをケガさせるわけにはいかなかったんだ……。

ぼくの不運についてては、考えたくもないけど……。

また袋《ふくろ》の口を閉《と》じようとしたとき、
いきなり声がひびいた。
「作戦会議だ！」
ぎょっとしてビンの中を見ると、
疫病神《やくびょうがみ》は目をつぶったまま、
むにゃむにゃ口を動かしている。
寝言《ねごと》だったんだな。
ぼくもみんなを追って、体育館の裏《うら》を出た。疫病神がキンモクセイの花とシェークされないように、そっと小走りに。

作戦会議は
疫《やく》病《びょう》神《がみ》と!?

その5

次に会うときは……

疲《つか》れ切って帰ってきた、その晩《ばん》のこと。

夕飯を食べ終わり（カレーライスが少しずつ減《へ》っていくのが見られなくて、なんだかさみしい気がした）部屋で宿題をしていると、横に置いた布袋《ぬのぶくろ》がガタガタとあばれ出した。

あわてて袋《ふくろ》を開けてみると、目を覚ました疫病神《やくびょうがみ》がビンをたたいている。

あちゃー。十二時まで、持たなかったか。

ぼくはかくごして、ビンのフタを開けた。

すると疫病神《やくびょうがみ》は、ぴょんと飛び出してくるなり大声で叫《さけ》んだ。

「ど、どうなった？　倉田《くらた》は？　レベル６《シックス》は？　おれ、なんか気持ちよーく寝《ね》ちゃったんだよ！」

ぼくは口をパクパクさせた。な、なんて説明すればいいんだろう。

疫病神は両こぶしをふって、ぼくにせまってくる。

「卓球台《たっきゅうだい》がたおれたあとのこと、よく覚えてないんだ。作戦は成功したのか？」

「えーと……」

正直に言おう。倉田はぜんぜん大したことがなく、ちっちゃなトゲが刺《さ》さっただけだったこと。ぼくが最終手段《しゅだん》を使って、疫病神《やくびょうがみ》を眠《ねむ》らせて、時間切れをねらったこと。ぼくの不運はできるだけ軽くしてと、大神様《おおがみさま》にお願いしてほしいこと……。

ぼくが口を開こうとしたときだった。

「あ、待て。なんか連絡《れんらく》が来たみたいだ」

疫病神は腰《こし》の袋《ふくろ》の中から、帳面をひっぱり出した。ページを開き、顔を寄《よ》せて真剣《しんけん》に読んでいる。そして……。

「涼平《りょうへい》……」

疫病神は目線をあげて、ぼくをまじまじと見た。次の瞬間《しゅんかん》、

「やったーーーっ!!」

歓声《かんせい》をあげて帳面を放り投げ、両手を突《つ》きあげて踊《おど》りまわる疫病神。

「な、なに？？」

ぼくは目をぱちくりさせた。わけがわからない。ヤツはぴたっと止まって帳面を拾いあげると、開いてぼくに突《つ》きつけた。

「ほら、読んでみろ」

「い、いや、こんなにょろにょろした字、読めませんけど」

ぼくが目を白黒させていると、疫病神《やくびょうがみ》はニヤッとした。

「しょうがないなぁ、人間は……。明広《あきひろ》についてたライバルからの通信で、こう書いてあるんだ。『帰りがけにおまえの仕事を見たから、大神《おおがみ》様《さま》に報告《ほうこく》しといてやったぞ。大神様はお喜びだ。あしたまでに緑の帯《おび》を

取りに来いってさ』」

え？

「やったな、涼平《りょうへい》。おれたちのタッグは最高だ！」

また踊《おど》り出す疫病神《やくびょうがみ》に、ぼくはあせって打ち明けた。

「なんかのまちがいだよ。あの作戦は失敗だったんだ。……っていうか
ぼくが失敗させたんだ。倉田《くらた》はちっちゃなトゲが刺《さ》さっただけで、ピン
ピンしてたし、おまえが眠《ねむ》っちゃったのもぼくのせい……」

「倉田は大泣きしたんだろ？」

疫病神は、また帳面をめくってぼくに見せる。

「う、うん」

「いばってた倉田が、けしょんとしたんだろ？」

「そ、そうだけど……」

「この先しばらくは、クラスで大きな顔できないぞ。それって、倉田《くらた》にとって最悪の不運だ。りっぱなレベル６《シックス》じゃん！」

あ。そうか？　そうなのか？

「ライバルが、見事な仕事だった、感心したって言ってくれてる。おれ、あいつからほめられたのなんて初めてだ。おまえのおかげだよ、涼平《りょうへい》」

ちょっと鼻をすりながら、疫病神《やくびょうがみ》は照《て》れくさそうに笑う。

「……じゃ、ぼくのレベル２０《にじゅう》の不運は？」

「大丈夫《だいじょうぶ》、もう大神様《おおがみさま》の耳に入りゃしないよ」

ぼくは全身の力がぬけて、椅子《いす》の上でグテーッとなった。

仲間の疫病神は、こいつがぼくに捕《つか》まってビンに入れられたとこは見ていなかったんだな。大泣きしている倉田《くらた》に気を取られてたにちがいない。

よかったー。なんといっても骨折《こっせつ》はこわい。ほんと、ほんとによかったよ……。

そんなぼくをしりめに、疫病神《やくびょうがみ》はいきなり鼻をクンクンし始めた。

「このにおいは……もしかしてカレーだな？」

「そうだけど、もう夕飯終わっちゃったよ」

「少しは残ってるだろ？　キッチンで勝手にごちそうになってこよーっと。きょうはがんばったから、腹《はら》ペコだ。適《てき》当《とう》にお菓子《かし》もらってくるから、あとで打ちあげパーティーしようぜ。宿

題片《かた》づけとけよ！」

そう言ったとたん、疫病神《やくびょうがみ》はパッと姿《すがた》を消した。

な、なんなんだ？　やっぱ、お調子者でおしゃべりなヤツ！

苦笑いしながら、のそのそと体を起こす。

そうか宿題か……。プリントに手をのばしたが、ふと思いついてタブレットの電源《でんげん》を入れる。

一通、メールが入っていた。

「涼平《りょうへい》　きょうはお疲《つか》れさま！　倉田《くらた》が無事でよかったね。で、ついスルーしちゃったんだけど、疫病神を見ちゃった涼平も大きな不運に見舞《みま》われるんじゃなかった？　それって大丈夫《だいじょうぶ》？　みんなで不運をよけるための作戦会議をしようよ。チームでかかれば、大きな不運だってへっちゃらだよ！　さやか」

ぼくはハーッと息をついて、両手で目をこすった。

ありがとう、さやか。ありがとう明広《あきひろ》、優太《ゆうた》。いい仲間だよな。

ついでに倉田《くらた》にまでお礼を言いたい気分になった。

あしたになったら、疫病神《やくびょうがみ》ともお別れだ。大神様《おおがみさま》のところに緑の帯《おび》をもらいに行かなきゃならないし、そのあとも仕事でいそがしいだろうから。

次に会うときは、絶対福《ぜったいふく》の神《かみ》になってってくれよな。

それを乗り越《こ》えて人は大きくなるって言うけど、当分不運はたくさんだ！

作／田部 智子（たべ ともこ）

東京都生まれ、東京都育ち。日本児童文学者協会会員。おもな作品に「ユウレイ通り商店街シリーズ」（福音館書店）、「幽霊探偵ハル」シリーズ、「探偵犬クリス」シリーズ（角川つばさ文庫）、『ハジメテノオト』（ポプラ社）、「パパとミッポ」シリーズ（岩崎書店）などがある。

絵／黒須 高嶺（くろす たかね）

イラストレーター、挿絵画家。埼玉県生まれ。おもな児童書の仕事に『金色の約束』（国土社）、『日本国憲法の誕生』（岩崎書店）、『みんなはアイスをなめている』（講談社）、「なみきビブリオバトル・ストーリー」シリーズ（さ・え・ら書房）、『きっと、大丈夫』（文研出版）、『秘密基地のつくりかた教えます』（ポプラ社）などがある。

作戦会議は疫《やく》病《びょう》神《がみ》と!?

作者　田部 智子
画家　黒須 高嶺

装丁　品川 幸人

2024年9月10日　初版1刷発行

発行　株式会社 国土社
〒101-0062　東京都千代田区神田駿河台 2-5
TEL 03-6272-6125　FAX 03-6272-6126
印刷　モリモト印刷 株式会社
製本　株式会社 難波製本

NDC913　152p　19cm　ISBN978-4-337-33667-4　C8393

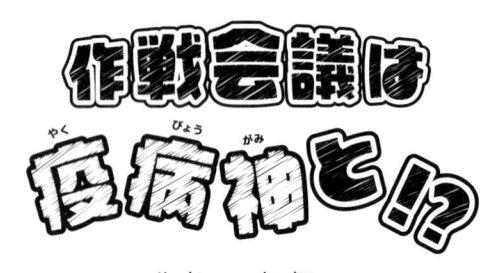